全球最经典的一百本少儿书

水孩子

一个扫烟囱的男孩被仙女变成水孩子的奇趣成长之旅

The Water Babies

Charles Kingsley
[英] 查尔斯·金斯利◎著　黄婷◎译

江苏凤凰文艺出版社
JIANGSU PHOENIX LITERATURE AND ART PUBLISHING

图书在版编目（CIP）数据

水孩子 /（英）金斯利 (Kingsley,C.) 著；黄婷译
. -- 南京：江苏凤凰文艺出版社，2016 (2024.10 重印)
（全球最经典的一百本少儿书）
ISBN 978-7-5399-9092-7

Ⅰ. ①水… Ⅱ. ①金… ②黄… Ⅲ. ①童话—英国—近代 Ⅳ. ① I561.88

中国版本图书馆 CIP 数据核字 (2016) 第 057244 号

书　　名	水孩子
著　　者	（英）金斯利
译　　者	黄　婷
责任编辑	孙金荣
出版发行	凤凰出版传媒股份有限公司 江苏凤凰文艺出版社
出版社地址	南京市中央路 165 号，邮编：210009
出版社网址	http://www.jswenyi.com
经　　销	凤凰出版传媒股份有限公司
印　　刷	艺通印刷（天津）有限公司
开　　本	652 毫米 ×960 毫米　1/16
印　　张	10.5
字　　数	120 千字
版　　次	2016 年 6 月第 1 版
印　　次	2024 年 10 月第 3 次印刷
标准书号	978-7-5399-9092-7
定　　价	49.80 元

目录

第一章

从前，有个扫烟囱的小男孩，名叫汤姆。这个名字既简短又常见，所以记起来很容易。

汤姆住在英格兰北部的一个大城市里，那里有许多烟囱需要打扫，因此他有机会挣很多钱来孝敬他师傅。汤姆不识字，更别说写字了，不过他也不在乎这些。他住的院子里没有水，所以他从不洗澡。没有人教他做祷告，他只在一种话[①]里听到过上帝和基督，那是一种什么样的话呢？我想你们都没有听过，要是他也没有听过那些话该多好。

他一半时间在哭，一半时间在笑。

他不得不爬上污黑的烟囱，可怜的膝盖和手肘磨得又红又肿；黑乎乎的煤灰天天都会掉进他的眼睛里，弄得眼睛阵阵生疼；师傅每天都会揍他一顿，不让他填饱肚子。这些时候，他就会哭。

另一半时间，他会用来和小伙伴们抛硬币，在柱子上玩跳背游戏，或是往疾驰而过的马腿上扔石子。最后这个才是最过瘾的呢，只要旁边还有一面可以藏身的墙就行。这些时候，他就会笑。

---

① 这里是指骂人的脏话。

什么打扫烟囱呀，饿肚子呀，挨打呀，这些在汤姆看来都已经习以为常了。他只要像他的老驴子对付冰雹一样，背对着它们勇敢地站着，就能挺过去。事后，他就晃晃脑袋，仿佛什么事情都没发生似的，就又和之前一样开心了。

想着好日子到来的那天，他长大成人，成为了扫烟囱的师傅。他坐在酒店里，喝着大杯的啤酒，叼着长长的烟斗，打着牌赢着钱；身上是棉绒大衣，脚上是及踝短靴，牵着一条长有一对灰色耳朵的白色哈巴狗，兜里揣着小狗的幼崽，一副男子汉的样子。而且他也要带徒弟，如果收得到的话，带那么一个、两个或者三个都行。他要像师傅对待自己那样，以大欺小，打得他们眼冒金星，还要命令他们把烟灰袋子扛回家。

而他自己呀，就骑着驴子走在前头，嘴里叼着一个烟斗，衣服扣眼里插一朵花，就像走在军队前面的国王一样神气。是的，好日子就要来了。当师傅让他喝掉酒瓶里剩下的最后几滴酒时，他觉得自己就是整个小镇上最幸福的孩子。

一天，一个穿着整洁漂亮的小马夫策马扬鞭地来到了汤姆住的院子里。此时，汤姆正躲在墙后准备朝着马蹄掷石子，这可是他们国家的习俗，一种欢迎客人的方式。但是，小马夫看见了汤姆，跟他招呼了一声后，便问扫烟囱的格林姆斯先生住在哪。格林姆斯先生便是汤姆的师傅。小汤姆做生意可精得很，他对待客人一向谦逊有礼。于是，他把手中的半截砖块轻轻地往墙后头一扔，跑过去接生意。

原来，小马夫是来叫格林姆斯先生第二天早上去约翰·哈索沃伯爵庄园的。他们家的烟囱需要打扫，而之前扫烟囱的人被关进监狱了。小马夫带完话，还没等到汤姆开口问那人为什么坐牢，就骑着马走了。汤姆对这个问题很感兴趣，因为他自己就坐过一两次牢。

小马夫看上去十分干净整洁，他绑着褐色护腿，穿着褐色夹克，还系着一条雪白的领带，领带上别着一枚精巧的别针，干净圆润的小脸蛋红扑扑的。

汤姆一看到小马夫就觉得倒胃口，觉得他只是一个自以为是的家伙，穿着别人花钱给他买的漂亮衣服，一副装腔作势的样子。汤姆回到墙后，又捡起那半截砖块，但是他并没有扔。他想起对方是来谈生意的，既然这样，那就算了。

来了这样一位新顾客，汤姆的师傅可算是乐坏了，他高兴得像疯了一般把汤姆打倒在地。那晚，他酒喝得特别多，是平常的两倍多，这样他才能够确保第二天早早起床。因为酒喝得越多，醒来后头越疼，就越想出去走走，呼吸呼吸新鲜空气。第二天早上四点，他起床后又把汤姆打倒在地，目的是教训他一下，就像年轻的少爷在公立学校受到的教训一样，好让他记住今天必须非常听话。因为他们就要去一个大户人家，如果他们干的活让人家满意，说不定会有很多好处。

汤姆也是这么想的，即使师傅不打自己，他也会尽力表现。因为，他觉得哈索沃庄园是地球上最美妙的地方，虽然他并没有去过；而庄园的主人约翰伯爵是世界上最可怕的人，汤姆见过他，因为让自己两次入狱的正是约翰伯爵。

即使在富裕的英格兰北部，哈索沃也算得上是个好地方。它有一座大房子，汤姆隐约记得在卢德运动①中，惠灵顿公爵率领的一万名士兵被安置在庄园内，房子还宽裕有余。也许事实并非如此，但至少汤姆相信这是真的。

它还有一个花园，里面全是鹿，汤姆认为它们都是爱吃小孩的怪兽。哈索沃还有几英里的禁猎场，格林姆斯先生和烧炭的小伙

① 卢德运动：19 世纪英国民间对抗工业革命、反对纺织业者的一次社会运动。

子有时在那里偷猎，借着这几次机会汤姆看到了野鸡，还想尝尝它们是什么滋味。那儿还有一条大河，里面有许多鲑鱼。格林姆斯先生和他的朋友想偷些吃，可是，那就得跳入冰冷的水中，他们才不干呢！

总之，哈索沃是个好地方，约翰伯爵是个德高望重的老头儿，甚至连格林姆斯先生都尊敬他。这不仅因为他有能力把犯了法的格林姆斯送入监狱，不仅因为他拥有数英里的土地，也不仅因为他是拥有大群猎狗的人中最开朗、最诚恳和最通达的。他认为怎样对邻居好，就会怎样做。什么对自己好，就能得到什么。另外，还有个主要原因，他重达一百公斤，没有人知道他的胸膛有多宽。他可以在公开的决斗中把格林姆斯先生摔出去老远。除了他，很少有人能够做到。但是，我亲爱的孩子，世界上有许多事是我们想做但却不能做的。所以，约翰伯爵要是把格林姆斯先生摔倒，那就不对了。

每当格林姆斯先生骑马经过镇子时，他总是要轻碰一下帽子，向约翰伯爵行个礼，称他是"好汉子"，夸他的年轻女儿为"美丽的姑娘"。在北方，这可是极高的赞赏。格林姆斯先生认为，这样做也算是对自己偷捕野鸡的补偿吧。

我敢说，你应该从没在仲夏的凌晨三点起过床吧。有些人起来，那是因为他们想要捕鲑鱼，想要爬阿尔卑斯山，可还有更多的人，和汤姆一样是不得不起来的。但是，我向你保证，仲夏凌晨三点的清晨才是一天二十四小时中最美妙的时辰，也是一年三百六十五天中最美好的时光。可我一直都想不明白，为什么他们不愿在那时候起床呢，也许他们只是把白天本可以做的工作拖到了晚上去做，弄得自己精神恍惚、面容憔悴吧。

但对汤姆而言，他并不能像别人一样晚上八点半出去吃饭，十点去舞会，然后在十二点到四点之间结束行程。他的师傅昨晚七点去酒吧时，他就上了床，像猪一样地睡着了。所以，就像那些早早起来，叫醒女仆们的斗鸡一样，先生太太们刚要准备睡觉，汤姆就起床了。

就这样，汤姆和师傅出发了。格林姆斯骑着驴子走在前头，而汤姆扛着清扫用的刷子跟在后头。他们走出庭院，走上大街，途经紧闭的百叶窗、眼皮在打架的警察和在灰白的黎明中泛着银银光亮的屋顶。

他们穿过矿工村，那儿家家户户门窗紧闭，十分寂静。穿过收费栅栏，他们来到了真正的乡间。他们艰难地走在布满灰尘的污黑道路上，道路两旁是黑乎乎的煤渣墙。除了远处矿机发出的呻吟声和撞击声外，没有任何声响。不一会儿，道路变白了，墙也变白了。墙脚边长出了长长的青草和美丽的花朵，都沾着露水，湿漉漉的。矿机呻吟的声音消失了，取而代之的是云雀在高空中做晨祷的歌唱，鸟儿也在苔草丛中鸣啭，它们已经唱了整整一夜了。

其他的一切都默不作声，因为大地老夫人还在熟睡呢。和许多漂亮的人们一样，她熟睡的样子也要比醒时更加美丽。那些魁梧的榆树在黄绿交映的草地中沉睡，树下是熟睡的奶牛。不仅如此，好些云朵也开始进入梦乡，它们太累了，就在大地母亲的怀抱中躺下。在榆树的树干之间，在溪边赤杨树的树顶上，这些白色云朵一小片一小条的，等着太阳出来把它们叫醒，然后在碧蓝的天空下忙上一整天。

他们继续走着。汤姆不停地左看看，右瞧瞧。因为他从未到过这么远的乡村。他是多么想翻过篱笆栅栏，去采摘金凤花，在树篱里寻找鸟巢。可是，格林姆斯先生是个生意人，他才不会答应这事儿呢。

没过多久，他们遇上了一个贫苦的爱尔兰姑娘，她背着一个包袱，头上包着一块灰头巾，穿着一条深红色衬裙，艰难地走着。根据她的打扮，你可以推断她是戈尔韦人。她没穿鞋袜，脚也受伤了，走路一拐一拐的，十分疲惫的样子。但是她个头很高，长得眉清目秀，有着一双明亮的棕色眼睛，乌黑浓密的秀发垂搭双颊。

格林姆斯先生看得入了迷，所以当他从她身边走过时，他招呼道："这条路对于你这嫩脚丫子来说太难走了。上来吧姑娘，坐我后头怎么样？"

但是，她似乎并不喜欢格林姆斯先生的模样和声音，于是她只是冷冷地回答道："不，谢了。我还是和你的小伙计一块走吧。"

"那就请便吧！"格林姆斯吼道，接着抽他的烟。

汤姆和她并排走，一边说着话，问他住在哪里，问他都知道些什么，还问了他一些个人情况。他们聊着聊着，汤姆不禁感慨，我还真没见过说话这么讨人喜爱的姑娘呢。最后，她问汤姆是否会做祷告，当汤姆告诉她自己不认识祷文时，她似乎很伤心。

汤姆问她住在什么地方，她说她住在那遥远的海边。汤姆问她那海是什么样的呢，她就告诉汤姆大海是怎样翻滚的，比如在冬天的夜晚，大海是怎样咆哮、拍打岩石的；在明媚的夏日，大海又是怎样静静地流淌，好让孩子们在海边沐浴和嬉戏。许多的许多，听得汤姆恨不得立马跑去海边看一看，和他们一样也在海里洗个澡。

终于，在一座山脚下，他们看见了一道泉水。这泉水和一般的可不同，它是真正的北国泉水，石灰岩地质，就像是西西里岛和希腊的矿泉。老异教徒们曾经幻想过，众女神们在烈日炎炎的夏天跑来泉水旁纳凉，而牧羊人就在灌木丛中偷窥她们。

一道很大的泉水，在石灰岩叠成的峭壁脚下，从一个小岩洞中往外冒。它涌动着，泛着泡沫，汩汩作响，泉水清澈得使人分不清楚哪儿有水、哪儿没水。泉水顺路流下，其冲力之大足以推动石磨。它流过蓝色的天竺葵、金色的金莲花、野覆盆子，流过垂着白雪般花朵的稠李丛[1]。

格林姆斯停下了脚步，看着泉水。汤姆也看着泉水，他十分好奇那黑乎乎的洞里有没有住着什么东西，夜里会飞出来，在草地上飞来飞去。但格林姆斯一点也不好奇，他什么都没说就从驴子上下来，翻过路边低矮的篱笆，跪在地上，把丑陋的头伸进水里，泉水一下子就被弄得很脏了。

此时，汤姆正以尽可能快的速度摘花，那个爱尔兰姑娘也帮忙摘，并教他如何把花扎在一起。于是，一朵漂亮的花束就出来了。但当汤姆看到格林姆斯真的洗起来的时候，他停下来了，感到十分吃惊。格林姆斯洗完脸后，甩了甩脑袋上的水。

汤姆说道："咦，师傅，我可从没见你洗过脸呀。"

"很可能不会有第二次了。我洗脸不是为了干净，只是想凉快凉快。我才不会像那些脏乎乎的挖煤小子一样，每个礼拜去洗那么一次，那才丢人呢！"格林姆斯说。

"我想去泉水边把头也浸一浸，"可怜的小汤姆说，"就像把头放在镇上抽水机喷出的水上一样，感觉一定很好，还不用担心有人来赶我走。"

"你过来，"格林姆斯说，"你昨晚又没喝半加仑啤酒，喝的人是我，你要洗什么？"

"我才不管呢。"淘气的汤姆说道，于是他跑去泉水边，开始洗脸。

格林姆斯十分气愤，因为他对爱尔兰姑娘选择和汤姆作伴而耿耿于怀。于是，他叫骂着冲向汤姆，一把将他拎起，开始狠狠地揍他。汤姆已经习惯了这样，他把脑袋夹在格林姆斯两腿中间，叫他打不着，并且使出全劲踢他的胫骨。

---

① 稠李：东北也称臭李子，是一种落叶乔木。

“你不感到羞愧吗，托马斯·格林姆斯？”爱尔兰姑娘在篱笆边哭喊道。

格林姆斯抬起头，对她竟喊出自己的名字感到惊奇。但他只是回了一句：“不，一点也不！”他接着揍汤姆。

“也是，如果你会感到羞愧的话，你早就改过自新去文代尔啦。”

“你知道文代尔的什么事情？”格林姆斯大叫道，手上已停了下来。

“我知道文代尔，也知道关于你的事。比如，两年前的那个圣马丁节[①]前夜，在阿尔德麦树林里发生了什么，这我都知道。”

“这个你也知道？”格林姆斯大叫道，他放开汤姆，翻过篱笆，走到那个姑娘面前。汤姆本以为格林姆斯会打她，哪知道她正一脸严肃地望着他，他根本没法下手。

“对，我在场。”这位爱尔兰姑娘平静地说。

“听你的口音，你并不是爱尔兰人。”格林姆斯说了许多脏话后，这样说道。

“别管我是谁，我只是看见了这些。如果你再打这个孩子，我就把自己知道的都告诉大家！”

格林姆斯看上去十分惊慌，他一句话也没说，骑上驴子走了。

“站住！我还有话对你俩说，”爱尔兰姑娘说，“在一切即将结束之前，你们还会见到我的。想干净的人，自然会干净。想脏臭的人，免不了脏臭。铭记！”

说完，她转身就走了，穿过篱笆门，走进了草地。格林姆斯定住了好一会儿，像是被雷劈了一样。然后，他冲出去追她，大喊：

---

① 圣马丁节(St. Martin's Day)：每年的11月11日，庆祝神圣的马丁之旅的节日，盛行于欧洲。

“你给我回来。”可是，当格林姆斯跑进草地时，姑娘已经不在那儿了。

难道她藏起来了吗？可是那根本就没有可以藏身的地方呀。格林姆斯四处张望，汤姆也到处看。因为他和格林姆斯一样，对她的突然消失感到困惑，她怎么一下子就不见了呢？他们到处找，可就是找不着她。

格林姆斯一声不吭地回到路上，他有些害怕了。他骑上驴子，装了一锅烟，拼命地抽起来，也不去惹汤姆了。

于是，他们走了三里多路，来到了约翰伯爵庄园的门房前。

那是多么气派的房子啊，都有大铁门和大理石门柱。每个门柱上端刻着龇牙咧嘴、长着角和尾巴的怪物。这些图案是约翰伯爵的祖辈在玫瑰战争①中使用在头饰上的。他们想得倒是挺周到的，认为敌人一看到这种吓人的头饰，就会惊慌逃跑。

格林姆斯拉了下门铃，一位管家立刻出来开门。

“主人吩咐我在这等你们，”管家说，“你们最好一直走大道，回来的时候可别让我在你们身上找到一只家兔或野兔。告诉你们，我可是会仔细搜的。”

“要是藏在烟灰袋底，你可就找不着咯。”格林姆斯说着，笑了起来。管家也笑了，说道：“如果你是这样的人，那我还是陪着你去大厅吧。”

“我想你最好还是去。看守猎物的人是你，伙计，不是我。”

于是，管家陪着他们一块进去了。一路上，管家和格林姆斯聊得十分愉快，这让汤姆感到惊讶极了。他不知道，管家只是一个从外面进来的偷猎者，而偷猎者也不过是一个从里面出去的管家。

---

① 玫瑰战争（1455—1485）：是英格兰两大家族的支持者为了争夺英格兰王位而发动的内战。

他们走上了一条菩提树大道，这段路足足有一英里长。在树干之间，汤姆窥见了熟睡中的鹿的鹿角，它们隐藏在蕨类植物之间，他害怕得颤抖起来。汤姆从没见过如此魁梧的大树，他一边看一边想，蓝天就是这样在这些树顶上歇息的吧。

但是，一路上，汤姆都听到了奇怪的嗡嗡声，这使他十分迷惑。最后，他鼓起勇气问管家那是什么声音。因为汤姆十分怕他，所以毕恭毕敬地称呼他为先生。管家听后很开心，他告诉汤姆，那些是在菩提树花丛中飞来飞去的蜜蜂。

“蜜蜂是什么?”汤姆问道。

“蜜蜂是酿蜜的生物。”

“那蜜又是什么呢?”汤姆又问。

“闭嘴，别烦人。”格林姆斯叫道。

“让他去吧，”管家说，“这会儿，他还是个斯文的小子。要是他跟你待久了，迟早是要变坏的。”

格林姆斯大笑起来，他把这话当做是对他的恭维。

“我要是个管家该多好啊，”汤姆感叹道，“住在这么漂亮的房子里，穿着绿色的棉绒制服，扣子上挂着个真正的狗哨，就像你一样。”

管家笑了，他还算得上是个心地善良的人。

“人要知足啊，小伙子，谁没有不顺的时候呢，你的饭碗可比我的可靠多了，是吗，格林姆斯先生?”

格林姆斯又笑了起来。他俩开始交谈着什么，把声音压得很低。但汤姆还是可以听到他们是在讨论偷猎的事。

最后，格林姆斯没好气地说道：“你有什么理由不信我啊?”

“目前还没有。”

“那就等你有了再跟我说吧，我可是个有威信的人。”

说到这里，他们都哈哈大笑起来，觉得这是个不错的玩笑。

此时，他们已来到房子的大铁门前。汤姆透过铁门向里张望，他凝视着盛开的大片杜鹃花，望着气派的房子，心想着：这房子该有多少个烟囱啊，它又建了多久呢，建这房子的人叫啥，他是否因此赚了一大笔钱？

每一个问题都很难弄清楚。因为哈索沃已经重建了九十次，并且有十九种不同的风格。它看上去就像是有人建了整整一条街的房子，各种想象得到的形状都有，然后再用一个勺子把它们搅和在了一块。

比如，阁楼是盎格鲁·撒克逊风格，第三层是诺曼式风格，第二层是文艺复兴时期的风格，第一层却是伊丽莎白风格，等等。所以，哈索沃庄园对于古文物研究者来说就是一个巨大的谜题。

汤姆和他的师傅并没有像公爵或主教那样，直接从正面进来，而是绕了很大一个圈，来到了后面的一扇小门旁。一个扫煤灰的男孩把他们放了进去，他一边开门，一边打着样子吓人的哈欠。

他们在过道里遇到了女管家，她穿着棉布印花长袍，汤姆还以为她就是房子的女主人。她严厉地命令格林姆斯“你要当心这个，当心那个”，就好像要上去打扫烟囱的不是汤姆，而是格林姆斯一样。

格林姆斯洗耳恭听，还时不时地压低嗓门，对汤姆说道：“你记住了吗，小家伙？”

汤姆很用心地记着，能多记些就多记些。

然后，女管家带着他们来到了一个大房间，房间里的所有东西都用牛皮纸罩着。她命令他们开始干活，嗓门很大，傲慢极了。汤姆呜咽了几下，师傅踢了他一脚，他便走进了壁炉，爬进烟囱。

这时，有个女仆留在房间里照看着家具。格林姆斯和她开起了玩笑，说了些恭维她的话，想献献殷勤。但是她爱理不理的，让格林姆斯很扫兴。

汤姆打扫了多少个烟囱这个我不知道，但是他爬过了一个又一个，累极了。他还很迷惑，因为这些烟囱和镇子里的不一样，他很不习惯。不信你可以爬上去瞧瞧，估计你是不愿意爬的。

你可以在古老乡村的屋子里看到那些烟囱，它们又大又弯，被改建过一次又一次，最后都通到一块儿了。因此，汤姆在里面迷了路。尽管眼前一片漆黑，他却并不担心，因为他在烟囱里就像鼹鼠在地洞里一样自在。但是，这次他下来后才发现自己走错了地方。他站在一个房间的炉前地毯上，是一个他从没到过的房间。

汤姆从未见到过眼前的景象。以前他去上流人士的家中，看到的总是地毯卷了起来，窗帘放了下来，所有的家具都用布盖着，画作和照片用围裙和抹布遮着。他常常想，这些房间要是布置好了供那些贵人起居会是什么样子。

而现在他见到了，就是眼前的这个样子，多么美好啊。

整个房间一片雪白。白色的窗帘，白色的床帏，白色的家具，白色的墙壁，只有几个地方有粉色的线条作为点缀。地毯上缀有颜色鲜亮的小花，墙上挂着镀金边框的画儿。汤姆觉得这些画很有意思。有的画上有女士、先生，有的画上有马和狗。汤姆喜欢那些马，并不太在意那些狗，因为那些狗里没有斗牛犬①，连小猎犬都没有。但汤姆最感兴趣的是那两幅画：一张画上是一个男人，他穿着长礼服，围着他的是孩子们和妈妈，他把手放在孩子们的小脑袋上。汤姆心想，这幅画放在这位女士的房间里真是美呀。他看得出，这房间里的摆设说明它是一位女士的卧房。

另一幅画是一个男人被钉在了十字架上②，汤姆看到后吃了一惊。他记得好像在商店的橱窗里也见过这样的画，为什么这儿也

---

① 斗牛犬：家犬的一个亚种，原产英国，起源于19世纪。
② 十字架：一种古代处以死刑的刑具，这里是指耶稣基督受难图。

有呢？

“可怜的人啊，”汤姆心想，“他看上去多么善良、多么平静啊。但这位女士的房间里怎么会有这样一幅可怕的画呢？也许，画上的这个是她的亲人，在外地被野蛮人杀害了，她把画像挂在这儿留个纪念。”汤姆既伤心又害怕，转过头去看看别的东西。

接着，他又看到了一个让他吃惊的东西。那是一个脸盆架，上面放着热水瓶、脸盆、肥皂、刷子和毛巾，还有一个装满清水的大浴盆。这一大堆东西可全是用来洗浴的！

“按照我师傅的说法来看，她一定是个很脏的小姐，”汤姆想，“不然哪需要这么一大堆洗浴用品啊，不过她一定很狡猾，洗完后把这些脏东西都处理掉了。因为房间里一尘不染，连毛巾上都找不着一点灰尘。”

接着他看到了床，看到了那位脏小姐。他惊讶地屏住了呼吸。

汤姆从没见过这么漂亮的小姑娘。她盖着雪白的被单，枕在雪白的枕头上。她的脸颊几乎和枕头一样白，头发像金丝一样披散在床上。她可能和汤姆一样大，也许还大个一两岁。

但汤姆压根就没想过这些，他只是想着她那细嫩的肌肤和金黄的秀发，好奇她究竟是真人呢，还是商店里见过的那种蜡人。但当汤姆看见她在呼吸时，他确定了，她是个活人。他呆呆地站着，凝视着她，仿佛她是落入人间的天使。

“不，她绝对不是那个脏小姐，她从来就没弄脏过。”汤姆心想。他又想，“人洗过以后都是这样的吗？”接着，他看了看自己的手腕，试着把上面的煤灰擦去。他不确定那些灰是不是可以擦掉，他想：“如果我也像她那样长大，那看上去一定漂亮许多。”

汤姆四处看着，他突然看见自己身边站着一个瘦小、丑陋、黑乎乎、破破烂烂的孩子，双眼蒙眬，咧嘴笑着，只有牙是白的。他愤怒地转过身去，心想，这是哪来的小黑猴，怎么会出现在这可爱小姑娘的房间里?

他再定眼一看,突然发现,那是他自己啊!那是镜子里的自己,汤姆从没见过自己是这副模样。

汤姆生平第一次发现自己是这么脏。他又羞又气,眼泪直流。他转过身去,想悄悄地爬上烟囱,躲起来。这一下,他不小心打翻了炉围,碰倒了火钳。哐哐啷啷,叮叮当当,一阵巨响,就像是一万只疯狗尾巴上系着空铁壶发出来的声音。

听到声响,那个雪白的小姑娘从床上惊弹起来,看着汤姆,像孔雀一样地尖声喊叫。一个胖胖的老保姆立刻从隔壁房间冲了进来,她一看见汤姆,就认定他是杀人放火的抢劫犯。这时,汤姆还躺在炉围上,老保姆便向他冲了过来,并一把抓住了他的短上衣。但她并没有逮住汤姆。汤姆曾经多次被警察抓住,但是他都从他们手里逃脱了。如果这次他笨到落入这个老妇人手中,那他以后哪还有脸面去见朋友?所以,他来回使劲,从这个善良女士的手里挣脱了出来。他冲出房间,眨眼间就从窗户逃走了。

他没有必要从那里跳下去,尽管他有胆量那么干。他也没必要顺着水管溜下去,虽然那可是他的拿手好戏。有一次,他顺着水管爬到了教堂的顶部,他说自己是去掏老鸦蛋的,可警察却说他偷东西。他就坐在屋顶上,等到烈日当空时,他便顺着另一根水管溜了下来逃走了。警察无奈,只好回去吃饭了。

这一回,汤姆用不着溜水管了。窗前是一棵大树,枝繁叶茂的,还开出了雪白的花朵。那些花朵有汤姆脑袋那么大,我猜那可能是木兰花吧,但汤姆不知道这个,他也不关心。他像猫一样顺着枝叶往下爬,然后跑过花园的草坪,翻过铁栏杆,窜进了大园子,向树林跑去。

老保姆被她甩在脑后,她在窗口拼命地喊叫:来人啊,杀人啦,放火啦。

正在割草的花匠看见了汤姆，便把镰刀一丢，不料却划伤了自己的小腿，害得他后来在床上躺了一个星期。可是，当时他都没有在意伤口，只顾着跑去追汤姆。

挤奶女工听到了声响，碰翻了夹在膝盖中的奶罐，牛奶全洒了出来。但她还是一跃而起，跑去追汤姆。

一个马夫正在马厩里帮约翰伯爵洗刷坐骑，一把没抓住马，还把自己给撞了一下，五分钟后成了瘸子，但他还是跑去追汤姆。

格林姆斯把煤烟袋打翻在新铺碎石的院子里，把地上搞得一团糟。但他还是撒腿就跑，去追汤姆了。

上了年纪的看门人慌忙地打开门，却把他小马的下巴勾在了大门的尖铁上，说不定至今它还挂在上头呢。可他还是拔腿就跑，去追汤姆。

正在耕地的农夫把马丢在田头，一匹马跳过篱笆，把另一匹马和犁什么的都拽进了沟里。但他还是跑了起来，去追赶汤姆。

管家正从夹子里取出白鼬[①]，失手让它跑了，还被夹子夹伤了手指。但他还是立马跳起，跑去追汤姆。唉，想一想他曾说过的话，还有他那副面孔，假如汤姆被他抓住的话，我真要为汤姆难过了。

约翰伯爵是个爱早起的绅士，他正从书房的窗子向外望，看看保姆怎么回事。不料，屋顶上落下的泥土掉进了他的眼睛里，他不得不派人去请医生，可那时他还是跑出去追汤姆了。

那个爱尔兰姑娘正好上门来乞讨，她一定是走偏僻小路过来的，但此时，她也丢下了包裹，跑去追汤姆。

只有女主人没有去追，因为当她把脑袋探出窗外时，不小心把头上的假发掉进了花园。她只好按铃，吩咐女仆去悄悄地找回来，

---

① 白鼬：又叫扫雪鼬，体形较小且细长，头较短，属鼬科。

不要告诉别人。所以她就没有去追汤姆，这里也就不提她了。

总之，庄园里从未有过这么大的动静。就算在遍地都是碎玻璃和碎花盆的温室里追杀狐狸，也弄不出这么大的声响。嘈杂声，吵闹声，各种混乱的声音，响成一片，混乱不堪，毫无秩序可言。

那天，格林姆斯、花匠、马夫、挤奶女工、约翰伯爵、看门人、农夫、管家和那个爱尔兰姑娘都跑进了花园，叫道："站住，小偷！"大家都以为汤姆的口袋里至少装有价值一千英镑的珠宝。就连喜鹊和松鸦都一路上跟着汤姆，唧唧喳喳地叫着，好像他就是一只被猎人追杀的狐狸一样，大尾巴开始耷拉下来，快要不行了似的。

这时，可怜的汤姆赤着脚蹚水，像一只小猩猩，从花园向树林的方向跑去。唉，只可惜这时他并没有一只大猩猩爸爸，能替他挺身而出：用一只爪子掏出花匠的内脏，另一只爪子把挤奶女工扔到树上去，用第三只爪子拧断约翰伯爵的脑袋，同时用牙齿啃碎管家的头骨，就像啃椰子果和铺路石子一样容易。

汤姆从来都不记得自己有过爸爸，所以也不指望有一个，他只能指望自己照顾自己。而说到跑，汤姆可以追着任何一辆马车跑两英里，只要给他一个赏币或烟头就好。他还能够展开手脚，像车轮一样转动身体，一连做十个侧身翻，这本事可比你强多了。所以，追捕他的人发现要逮住他可真不容易啊。当然，我们希望他们也抓不着他。

毫无疑问，汤姆是向树林里跑去了。他都长这么大，还没有来过树林呢。但他可是相当机灵，他知道藏在灌木丛里，或是爬上树去，因为这样总比待在空地上安全得多。如果他连这个都不知道，那他就比老鼠或米诺鱼还笨。

但是当他进入树林时，才发现那和自己过去想象的不大一样。他冲入一堆杜鹃花丛中，立刻发现自己掉进了陷阱：大树枝缠住了他的胳膊和腿，还有一些刺痛了他的脸和肚子，汤姆怕得只好紧闭双眼。其实，闭不闭眼都一样，因为他连鼻前一英尺远的东西都看不清。

当他从杜鹃花丛中钻出来时，草丛和莎草将他绊倒，还恶狠狠地割破了他可怜的小指头。白桦树的枝条也狠狠地鞭打着他，好像他是伊顿公学①的公子哥一样。荆棘还把他绊倒，扎伤了他的小腿。它们像鲨鱼的牙齿一样锋利，一点也不夸张。我想，所有勇敢的孩子都会站出来，替汤姆遭受的不公打抱不平。

“我必须要走出去，”汤姆心想，“否则，我就只好在这里等别人来救我了，那正是我怕的事情。”

可是怎样才能出去呢？这是个难题。要不是汤姆的头突然撞在墙上，我看他压根就出不去。不然，他唯一能做的就是等死，直到雄性知更鸟用大树叶把他埋起来。

要知道，脑袋撞在墙上可不是什么好玩的事情，尤其是那面墙已经很松了，墙上堆着砖头。一股脑撞在有尖角的砖头块上，眼冒金星是必然的事。那些金星虽然十分美丽，可不幸的是它们在两万分之一秒内就会消失，但随之而来的疼痛感却一直都在。虽然汤姆撞伤了脑袋，但他是个勇敢的孩子，根本就不把它当回事。他想，翻过这面墙，这片树丛应该就到此为止了吧。接着，他像松鼠一样爬上墙头，翻了过去。

果真，他终于出来了！眼前是大片的松鸡禁猎场，那个地方的人们叫它为哈索沃狩猎场②。石楠花、沼泽和岩石向远处蔓延开来，直达天际。

如今的汤姆可是个机灵的小家伙，像一头老埃克斯默牡鹿一样机灵，怎么不是呢？尽管他才十岁，但比大多数牡鹿岁数都大，

---

① 伊顿公学：坐落在英国伦敦的古老学府，是英国最著名的贵族中学，排名全国第一。

② 哈索沃狩猎场：虽说为禁猎场，但是当地人还是会进去偷猎。

还更有智慧。

他像牡鹿一样清楚地知道，假如他折回一段路，就能把猎犬甩掉。所以汤姆翻过墙头的第一件事，就是干净利索地来了个一百八十度急转弯，向右跑了将近半英里的路。

于是，约翰伯爵、管家、看门人、花匠、农夫、挤奶女工和其他人还有他们又哭又叫的声音，都在墙那边前面半里路的地方，并向着完全相反的方向去了，把汤姆留在了墙那头。汤姆听见他们的喊叫声渐渐远去，开心地咯咯笑。

终于，他来到了一个斜坡前，向下走到底，离开了那面墙，勇敢地朝沼泽地走去。他知道，此时自己和敌人之间已有一山之遥，不会被他们看见了。

但是，在他们中间，只有爱尔兰姑娘看到了汤姆往哪走。

她一直走在所有人的前头，不慌不忙的。她轻快而又优雅地走着，脚步快到让人分不清哪只在前哪只在后。最后，大家都问这个奇怪的女子是谁，他们都一致认为她是汤姆的同伙，因为没有其他更好的解释了。

当她走进那片人造林时，一下子就从大家的视野里消失了，他们怎么看都看不到她。

因为她静静地跟着汤姆翻过墙头，一路上紧跟其后。约翰伯爵和其他人都再也没看见过她，自然也就把她给忘了。

汤姆径直走进石楠花田，穿过一片沼泽地。那沼泽地和你们家乡的差不多，只不过到处都是石头。他继续向前走，沼泽地不是越来越平坦，而是越来越坑坑洼洼。尽管如此，这对于小汤姆来说也不艰难，他完全能慢慢地走过去，还有工夫环顾这奇怪的地方呢。对于汤姆而言，这简直就是个新世界。

他看到了一些大蜘蛛，他们的背上有王冠和十字架的图案。他们坐在网中央，一看到汤姆走过来，就飞速地晃动蛛网，好让别人看不见自己。

接着他还看到了蜥蜴，他们有棕色、灰色和绿色的。汤姆以为他们是蛇，会咬他。但他们也一样害怕汤姆，一下子就窜进石楠花丛中，消失了。

在一块岩石底下，汤姆看到了一幅美丽的景象。一只很大的、浑身棕色、鼻子尖尖的动物，尾巴上有一小撮白毛，身边围着四五只脏兮兮的小幼崽。汤姆从没见过这么有趣的小家伙。她仰躺着身子滚来滚去，在明媚的阳光下舒展着自己的四肢、脑袋和尾巴。小幼崽从她的身上跳过来跳过去的，围着她转啊转，啃她的手爪，拖着她的尾巴转圈圈。她看上去也非常开心。

但是有一个自私的小家伙偷偷地离开了伙伴，来到一只死乌鸦身旁。他把乌鸦拖走，藏了起来，尽管那只乌鸦几乎和他一样大。这时他的小伙伴们都跟了过去，用力叫喊着。他们看见了汤姆，吓得跑了回来，跳到了狐狸太太面前。她嘴里叼起一只，其余的小家伙都跟在她身后，一摇一摆地走进了一个黑乎乎的岩洞。这一幕就到此结束了。

接着，汤姆受到了一场惊吓。当他爬上一座沙崖的顶部时，呼扑扑、咯咯咔，一阵可怕的声音，不知道是什么东西，从他的面前飞过。他还以为地面要炸开，世界末日要来了。

汤姆紧闭着双眼，可是当他睁开眼时，才发现那仅是一只老公鸡，正在沙堆里洗澡，就像缺水的阿拉伯人一样。汤姆差点踩到了他，他扑嗒扑嗒地跳起，像特快列车一样，把他的妻儿留在原地，胆小鬼一样地逃走了。他一边跑还一边叫道："咕咕咕咔——杀人啦，抢劫啦，放火啦——咕咕咕咔——世界末日来啦——咔咔咯咔。"

老公鸡总是这样想：只要在比他的鼻尖远点的地方发生了什么事情，世界末日就要来了。但是，就像八月十二日还没来一样，世界末日也没有来。可是这只老公鸡却坚信,世界末日要来了。

一小时后,这只老公鸡回到了他妻儿的身旁,严肃地说:“咕咕咔,亲爱的,世界末日还没有来,但我向你保证后天一定会来——咕。”但是,这种话她妻子已经听过不知道多少遍了,她知道怎么回事,也知道他下面要说什么。况且,她是家里的主妇,七个孩子的妈妈,每天都要洗呀喂呀的,这就使她变得很实在,脾气也有点急躁。所以她只是不耐烦地说:“咯咯咯——抓蜘蛛去,抓蜘蛛去——咯。”

接着,汤姆走呀走,也不知道为什么,他竟喜欢这片辽阔而又奇怪的地方,喜欢它凉爽而又清新的空气。当他沿着山坡越走越高时,步子也越来越慢了,因为此时路面变得很差。柔软的草地和富有弹性的石楠花丛不见了,取而代之的是大片布满石灰岩的荒野,就像铺得很差的人行道。石块之间有深深的裂缝,裂缝里还长着荆棘,所以汤姆不得不从一个石块跳到另一个石块上,还不时滑倒在石块之间。虽然他的小脚趾头相当坚强,但还是被割破了。尽管如此,他还是得漫无目的地向前走,向上爬。

要是汤姆看见那个曾经和他同路的爱尔兰姑娘,此刻正跟着他走过沼泽地,他会怎么想呢?不过,也许是因为他很少往后头看,或是因为她躲在岩石和土墩后头不让他看见,他一直都没有发现她,而她却能看到他。

他有些饿了,也有些渴了,因为他已经跑了很长一段路。而且太阳已经高高地挂在了天空中,岩石烫得像烤箱一样,空气就像是石灰窑上的空气,盘旋地舞着,仿佛周围的一切都在晃动,在刺眼的阳光中融化。

可是他找不到吃的,也没什么能喝的。

石楠花丛中到处都是越橘和莓子,但现在是六月,它们才刚刚开花。还有水,谁又能在石灰岩的上头找到水呢?汤姆时不时地穿过一些又黑又深的溶洞，它们都直达地下，像地下小人国房屋的烟囱一样。

当他经过这些溶洞的时候，他不止一次听到汩汩的流水声，声音是在地下很深很深的地方。他多么渴望能够下去，用水滋润一下他那干裂的嘴唇啊！可是，他虽是个勇敢的扫烟囱的孩子，但也不敢爬像这样的烟囱呀！

所以，他接着往前走，脑袋快被热浪蒸晕了，他就歇一歇。他好像听到远处传来教堂的钟声。

"啊！"他想，"如果这里有教堂，那就一定会有房子和人，说不定就有人给我一点吃的和喝的。"想着，他又出发，去找教堂了。因为他确信自己听到的是教堂的钟声。

才走了一分钟，他朝四周看看，又停了下来，不禁感叹道："唉，世界真是大呀！"

的确如此，站在山顶上，他可以看到底下的一切，有什么是看不到的呢？

他身后很远很远的地方是哈索沃、黑树林和泛着银银白光的鲑鱼河。他右边很远很远的地方是小镇子和煤厂冒着浓烟的烟囱。很远很远的地方，河越来越宽，汇入了波光粼粼的大海。海面上有小白点，那是船，它们依偎在大海的怀抱里。

他的前方，像地图一样展开着的，是大平原、农场和村庄，它们零星地缀在浓密的树林间，仿佛就在汤姆的脚下。可是他并不糊涂，知道它们离他有好多英里地呢。

他的右边，是绵延起伏的沼泽地和一座又一座的山脉，变得越来越模糊，直到融入蓝天。但是，在他与那些沼地之间，就在他的脚下，躺着一样东西，他一看见就决心走过去，因为那正是他想要去的地方啊。

那是一条又深又窄，绿荫覆盖，岩石密布的溪谷。透过树荫，他可以看到，在离他数百英尺的地方，一条清澈的溪水在闪光。啊，如果他能下到那水边去该多好呀！

接着，在小溪旁，他还看见了一间小农舍的屋顶，一个有着花台和苗圃的小花园。他看见花园里有一个移动的小红点，看上去和苍蝇一般大。汤姆向下望去，才发现那是一个穿着红裙子的女子。啊！也许她能给他一些吃的东西。

此时，教堂的钟声又响起了。下面肯定有个村庄。是的，没有人认识汤姆，也不知道庄园那边发生了什么。即使约翰伯爵已经把全郡所有的警察叫来找他，但消息也还没传到那里。而他只要五分钟后就能到那里了。

汤姆没想错，追赶者的喊叫声没有传到那里。但他不知道的是，他已经来到了距离哈索沃十里以外的最好的地方。他以为五分钟就能下去，可这是不现实的，因为小农舍离他有一英里多的距离，在一千多英尺的下方。

尽管脚很疼、很疲惫、又饥饿又口渴，他终于还是走了下来，像个勇敢的小男子汉。这时，教堂的钟声更响了，他甚至觉得这钟声是在他脑子里响。那条小河远远地流着，在下面发出清脆的叮当声，唱着这样的歌：

清澈又凉爽，清澈又凉爽，
流过欢笑的水滩和梦中的池塘。
凉爽又清澈，凉爽又清澈，
流过闪光的卵石和飞沫的堤坝。
在乌鸫唱歌的峭壁下，
在回荡着教堂钟声、爬满常春藤的墙下，
纯净的水啊，留给那纯净的人儿，
来我这玩儿吧，来洗澡吧，母亲和孩儿。

腐臭又阴湿，腐臭又阴湿，
流过烟雾弥漫的城市。
阴湿又腐臭，阴湿又腐臭，
流过黏滑的堤岸、码头和阴沟。
越向前流，我就越黑暗，
越是富有，我就越无赖。
被罪恶玷污了的，谁还敢跟他玩儿？
离我远点，回去吧，母亲和孩儿。

强大又自由，强大又自由，
闸门打开了，我向大海奔流。
自由又强大，自由又强大，
我急匆匆地奔啊，水流在净化。
流向金色的沙滩，流向雀跃的沙洲，
纯净的浪潮啊，它在远方把我候。
我仿佛在浩瀚的汪洋中畅游，
像有罪的灵魂重新获得宽容，
纯净的水啊，留给那纯净的人儿，
来我这玩儿吧，来洗澡吧，母亲和孩儿。

于是，汤姆继续走下去。他并没有发现，那个爱尔兰姑娘也跟着下去了。

第二章

其实那个地方离汤姆还有一英里远，在一千英尺以下的谷底。可是汤姆却觉得它就在眼皮底下，似乎能够把一个小石子扔到那个在花园除草的穿红色裙子的女子身上，或者扔到山谷那边的岩石上。

溪谷的底部只有一块田地的大小，它的旁边是那条奔腾的溪流。而溪流的上方，是灰色的峭壁、灰色的丘陵、灰色的石梯和灰色的荒野，延伸至天际。

那是个静谧安逸、富裕而又快活的地方，是大地上一条深深的裂缝。它那么深邃，那么偏僻，连邪恶的妖怪都找不着它。这个地方就叫文代尔。

汤姆接着往下走。他走的第一段路是三百英尺长的陡坡，锉刀一样的粗砂岩间，长满了刺人的石楠花。这对汤姆可怜的脚后跟来说，真是件让人郁闷的事。于是，汤姆一瘸一蹦、跌跌撞撞地走完了那段山路。不过，他还坚持认为那是可以把一块石子扔进花园的距离。

然后他又走了一段三百英尺长的石灰石平台，那是一块挨着一块的，方方正正，就像一位木匠用尺子量好后再用凿子凿出来的一样。那里没有石楠花了，却有着——

首先是一个长满青草的小斜坡，上面布满了美丽的小花儿，有岩蔷薇、虎耳草、百里香、紫苏和各种各样的香草。

然后他跌跌撞撞地从一个两英尺高的石灰石台阶上下来。

接着又是一些花花草草。

然后他踉踉跄跄地从一个一英尺高的台阶上下来。

接着还是一些花草，路有五十英尺长，像屋顶的斜坡一样陡。他不得不坐着滑下来，苦了他那可怜的小屁股了。

接着又是一个石头台阶，有十英尺高。在下去之前，他不得不停下来，沿着边缘爬下去找一条石缝。因为如果他滚下去的话，就会直接栽到老妇人的花园里，说不定会把她吓晕过去呢。

汤姆发现了一条漆黑的窄缝，里面长满了绿梗子的蕨类植物，就像挂在客厅花篮子里的那种蕨草。他沿着这条窄缝爬下去，就像他以前爬烟囱一样。接着又是一个草坡，一个台阶，一个接着一个，啊！连我都希望这一切能结束，汤姆更是如此吧。不过，他仍然认为这是可以把一块石子扔进花园的距离。

最后他来到了一排美丽的灌木前。白色的灌木条上面是硕大的叶子，叶子的背面是银色的。还有花楸[①]和橡树，它们中间夹杂着大片的皇冠蕨草和木莎草，树下是峭壁和岩石，一个接一个的。在这些灌木中间，他能看见那条溪水泛着亮光，能听见它流过白色鹅卵石时发出的潺潺水声。可他不知道的是，这一切可都是发生在三百英尺的下方啊。

如果朝下看去，你可能会感到头晕，但是汤姆却不会，他可是个勇敢的扫烟囱的孩子。当他发现自己来到高高的悬崖顶时，他并没有坐下来哭着叫爸爸，他也从没那么叫过，他只是说道：“啊，

---

① 花楸：又名百华花楸、落叶乔木或大灌木，高可达五米。果圆形，鲜红色，可入药。

这才对我胃口呢!"

尽管很疲惫,他还是继续往下走,走过树桩和石块,走过莎草和石尖,走过灌木丛和灯心草。好像他生来就是一只快活的小黑猴,不是两只脚,而是四只似的。

一路上,他都没有发现那个爱尔兰女子在后面跟着他下来。

现在,他累得快不行了。炽热的太阳照在沼泽地上,都快把他晒干了。而岩块在繁密的树木间散发着潮湿的热气,这更是要他的命。他的手指尖和脚趾尖都冒着水蒸气,身上的汗水把他洗得干干净净,他这一年从未像现在这样干净过。但是,他接着走啊走,还是把自己弄得很脏。他从岩石上爬下来后,身上就留有一块很大的污渍。

终于,他到了谷底。但是,瞧!那不是真的谷底。他们下山的时候常常发现这种事。在岩石脚下,有一堆又一堆的石灰石从上面掉落下来,各种各样的,小的和脑袋一般大,大的有舞台的转台那么大。它们中间都是洞,洞里长着甜甜的野蕨菜。

汤姆还没有从石堆中走出来,却又暴露在火辣辣的太阳底下。然后,和其他人有过的感受一样,他都来不及弄清楚这是怎么一回事,就突然觉得自己垮掉了,彻彻底底地垮掉了。

孩子,在你的一生中一定会有几次垮掉了的时候,你要有心理准备。其实每个人都是这么过来的,你也会有这样的经历,所以要让自己尽可能地强壮健康。因为当你正经历的时候,你会发现那种感觉特别难受。我希望那天来到的时候,你能有个勇敢、忠诚、打不垮的朋友陪在你身边。如果你没有,那就最好像可怜的汤姆一样,呆在原地别动,等待情况好转。

他走不动了。太阳是如此炽热,但他却浑身发凉。他肚里空空,感觉很难受。在他和村舍之间,现在只有一块长两百英尺的平坦牧场,但他却走不过去。他能够听到,溪水就在一田之遥的地方流着，但那对于他来说像是相隔一百英尺。

他躺在草地上，一动不动的，甲虫都爬到了他身上，苍蝇也停在他鼻头。要不是小虫子同情他，把他叫醒，都不知道他什么时候能起来呢。

蚊虫在他耳边像吹喇叭一样嗡嗡直叫，小虫子在他手上和脸上找没落烟灰的地方到处啃咬。终于，他被弄醒了，摇摇晃晃地起身离开。他翻过一面矮墙，走进一条窄道，来到了村舍的门前。

那是一个干净漂亮的村舍，园子外围着的是修剪整齐的紫杉篱笆，里面是修剪成孔雀、喇叭、茶壶等各种奇怪形状的紫杉。敞开的门里传来的是嘈杂的蛙叫，就好像他们知道明天的天气要热得把人烤焦一样。我不知道青蛙是怎么知道的，你也不知道，没有人知道。

他慢慢地走上门前，门上挂的都是铁线莲①和玫瑰，他有些害怕地向里张望。

在一个空壁炉里，放着满满的一锅香草，炉边坐着一位老妇人。这是汤姆见过的最慈祥的老妇人。她下身穿着红色的裙子，上身是斜纹布睡衣，头上戴着洁白的帽子，一条黑色丝巾从后头翻过来，系在她的下巴下。她的脚边有一只上了年纪的猫，估计是猫爷爷了。坐在她对面两张长椅上的，是十二个或十四个孩子。他们个个都干干净净的，肉乎乎的脸蛋像玫瑰一样红润。他们在学朗诵，你一句我一句，七嘴八舌得乱作一片。

这是个多么美好的村舍啊：地上铺着明亮干净的石地板，墙上挂着内容奇特的老画。一个黑色的旧餐柜里满是亮闪闪的白镴餐具和铜盘子。墙角摆着一个布谷鸟钟，汤姆一进来它就发出“咕咕”的叫声。这并不是因为汤姆把它吓了一跳，而是那时刚好是十

① 铁线莲：开白、紫或粉色花的攀缘植物。

一点整。

所有的孩子都盯着脏兮兮、黑乎乎的汤姆看，女孩子们开始哭，男孩子们开始笑，他们都很没礼貌地对汤姆指来指去。但是汤姆太累了，根本没有力气去管这些。

“是谁，你要干什么！”老妇人叫道，“扫烟囱的孩子！快走开，我这里不需要打扫。”

“水。”可怜的小汤姆虚弱地说道。

“水？河里多的是。”她尖声说道。

“但我没力气去那儿了。我快饿死了，渴死了。”说着，汤姆就瘫倒在门阶上，一脑袋撞在门柱上。

老妇人透过眼镜看着他，一分钟，两分钟，三分钟，然后说道：“他病了，孩子总归是孩子，管他是不是扫烟囱的。”

“水，我要喝水。”汤姆说道。

“上帝原谅我吧！”她放下眼镜，站起身来，走向汤姆。“水对你没好处，我去给你拿牛奶。”她颤颤巍巍地走到隔壁房间，拿来了一杯牛奶和一些面包。

汤姆一口气把牛奶都喝光了，然后抬起头，清醒了过来。

“你从哪里来的？”老妇人问。

“沼泽地的那边。”汤姆答，并指向天空。

“哈索沃那边？要翻过鲁斯维特峭壁？你确定不是在撒谎？”

“我为什么要撒谎？”汤姆说，接着又把脑袋搁在门柱上。

“你是怎么爬上去的？”

“我是从哈索沃庄园那边过来的。”汤姆太累了，太难受了，他都没有心思和时间去编个故事，所以就简单地把实情讲了出来。

“上帝保佑这个小可怜！你没有偷东西，是吗？”

“没有。”

“上帝保佑啊，我相信你没有偷东西。看，上帝指引这个孩子过来，因为他是无辜的！从庄园那儿过来，穿过哈索沃狩猎场，又翻过鲁斯维特峭壁！谁听过这样的故事啊，如果没有上帝的指引，怎么可能？为什么不吃点面包？”

“我吃不下了。”

“这很好吃的，我自己做的。”

“真吃不下了。”汤姆说，他把脑袋埋进膝盖里，接着问：

“今天是星期天吗？”

“不是，怎么，为什么这么问？”

“因为我听到了教堂的钟声。”

“上帝保佑这小可爱！孩子你病了，跟我来，我给你找个地方歇歇。如果你干净了一些，看在上帝的份上，我会让你躺在我床上的。跟我来吧。”

汤姆太累了，当他试图站起来的时候，感到一阵眩晕。老妇人不得不帮他一把，扶着他走。

她把他带到外屋，让他躺在松软芳香的干草和一张旧地毯上。她让他好好睡一觉，消除疲劳，并告诉他放学后她就回来，一个钟头的时间。然后她又走回里屋，心想，他应该很快就会熟睡的。

但是汤姆并没有睡着。他翻来覆去，踢腿蹬脚的，奇怪极了。他感到浑身滚烫，恨不得跳入河里凉爽一下。接着，他又半梦半醒地睡着了。在梦里，他好像听到那个洁白的小姑娘对他叫道：“啊，你真脏，快去洗洗吧。”然后，他又听到那个爱尔兰姑娘说：“想干净的人自然会干净。”于是，他听到教堂的钟声更响了，离他是如此之近。他确信今天一定是星期日，才不管老妇人说的呢，他要去教堂看看，看看里面到底是什么模样。

可怜的孩子，因为他长这么大都没见过教堂。但是人们决不会让他进去的，因为他浑身都是煤灰，他必须先去河里洗个干净。他在半梦半醒中，一遍又一遍地大声说道：“我必须洗干净，必须洗干净。”尽管他自己都不知道。

突然，他发现自己不在外屋的干草上躺着，而是站在了草地中间。路的那边，在他前方有一条小溪，他还是不停地说着：“我必须干净，必须干净。”他靠自己的双腿，迷迷糊糊地走到了那儿。有些孩子不舒服的时候，会从床上下来，在房间里走来走去，汤姆就是这么走出来的，他一点也不感到惊奇。

接着，他来到了河岸边，在草地上躺下，看着清澈的溪水。河底的每一颗鹅卵石都光亮洁净，银色的小鲑鱼在河中畅快地游着，但一看到他那黑乎乎的脸时，便吓得立刻窜走了。他把手伸进水里，发觉它是那么凉，那么凉，那么凉，他说道：“我将变成一条鱼，在水里畅游。我必须干净，必须干净。”

于是，汤姆急匆匆地脱下衣服，衣服都被撕坏了。那些衣服本来就破破烂烂的，也很容易撕破。他把可怜的疼痛发烫的脚放进水里，然后是他的腿。他浸入水中越深，脑袋中教堂的钟声就越响。

“啊！”汤姆说，“我必须要快点洗干净，现在的钟声非常响，很快就要停下来了，门就会关了，我就再也不能进教堂了。”

可是汤姆错了：英格兰的教堂在服务期间都是大门敞开的，不管是牧师还是反对者，每个人都能进去，就连土耳其人和异教徒也一样。只是，如果谁敢把安静祷告的人赶出去，那古老又友善的英国法律就会惩罚这个人。

汤姆始终都没有发现那个爱尔兰姑娘，不过这次她不是跟在后面，而是在他前面。

在他来到河边之前，她就走进了冰凉清澈的水中。她的头巾和裙子都漂走了，绿油油的水草漂浮在水面，绕在她身旁。白色的睡莲也在她头边漂浮着。溪水里的仙女们都从河底上来，用手架着她离开，沉入水中。因为她是她们的女王，也许还是更多仙女的女王。

“你去哪啦?”她们问道。

“我去把病人们的枕头抚平，把甜蜜的梦境吹入他们的耳朵。我打开村舍里的门窗，把让人窒息的空气放出去。我哄小孩远离传染热病的脏臭水沟和池塘。让女人们远离酒吧，不让男人们打自己老婆。尽我所能地去帮助那些不自救的人。虽然这都是琐碎的小事，但也够让我累的了。对了，我给你们带来了一个小弟弟，在回来的路上，我一直保护着他的安全。”

于是，所有的仙女都开心地笑了，因为她们有个弟弟要来了。

“但等等，姑娘们，他现在还不能见你们，不可以知道你们也在这里。他现在还是个野孩子，就像动物一样。所以，你们不能和他玩耍嬉戏，不能和他讲话，或是让他看见你们。只能保护他，让他不受伤害。”

仙女们不能和新来的小弟弟玩耍，她们有些失望。但是她们一直很听话，就照做了。

她们的女王沉下水去，顺着溪流漂走了。她从哪里来，就回到哪里去。当然，所有的这些汤姆都没看到、没听见。也许就算汤姆知道了，故事也不会有什么改变。因为汤姆太热太渴了，他多么渴望能够立刻变干净，巴不得立马跳入清澈冰凉的溪水中。

他入水还不到两分钟，就沉沉地睡去，那是他有过的最平静、最愉快、最舒服的酣眠。梦里，他看到了早上走过的青绿色的草地，高高的榆树，熟睡中的奶牛。之后，他就什么也没梦到了。

他睡得如此香甜的原因很简单，但还没有人知道。那是因为仙女们使他睡着，把他带走了。

有些人认为，这世上根本就没有仙女。好吧，也许真的没有。但是，我的小伙子，这是一个大大的世界，有许多地方给仙女们住，让人们看不见她们。当然，在合适的地方，还是能看见她们的。你知道吗，这世界上最美好的东西，就是那些看不见的东西。你身体里有生命，正是你的生命让你成长、行动和思考，只是你看不见它。还有，蒸汽机里有蒸汽，正是蒸汽让发动机运转，你看不见它而已。所以，这世界上也许有仙女，就让我们相信是有的吧。许多时候，我们不得不相信确实如此，而这一次也不会是最后一次。其实，也没有必要逼自己去相信有仙女，这只是个童话故事。可是没有仙女，又哪来的童话故事呢？

你是不是没看明白这个逻辑？也许没有。那么，就别在类似的情节中去找逻辑了。在你胡子变花白前，你会明白的。

那位慈祥的老妇人在放学后的十二点回来看汤姆，但是汤姆不在那儿了。她四处找汤姆的脚印，但是地面太硬了，什么线索都没留下。如果你长大以后成为了一个勇敢健康的人，有一天你就会知道，没有线索意味着什么。我也希望你知道，线索指的是什么。

所以，老妇人愤怒地走回屋里，觉得小汤姆编了一个故事来骗她，他假装生病，然后又跑走了。但是第二天她就改变了想法。

那天，约翰伯爵和其余一帮人跑得上气不接下气，跟丢了汤姆后，他们只好打道回府，别提多狼狈了。

当约翰伯爵从保姆那打听到一些消息后，他们的脸色就更难看了。而当他们从埃莉小姐，就是那个身穿白色衣服的小女孩那儿得知了整个故事后，他们就更是愣住了。埃莉小姐所看到的一切，就是那个可怜的、黑乎乎的、扫烟囱的小孩，哭哭啼啼地跑回烟囱又爬上去。

当然，她被吓坏了。但这就是故事的全部。汤姆并没有带走房间里的一件东西。从他黑乎乎的脚印可以看出，在保姆抓住他前，他一直都没有离开过炉前地毯半步。原来，这只是个误会。

所以，约翰伯爵让格林姆斯回家去，并许诺他，如果可以把汤姆好好地带到他面前，不打孩子，跟他核实事情的真相，他就赏他五个先令①。因为，他和格林姆斯都想当然地认为，汤姆已经回家了。

但是，那天夜里，汤姆并没有回到格林姆斯身边。他去警察局，让他们帮忙找这个孩子，但是依旧没有汤姆的消息。至于汤姆翻过那些大沼泽去了文代尔这件事，他们应该做梦都想不到，那和让他们去相信汤姆去了月球没什么两样。

所以，格林姆斯第二天去哈索沃庄园时，一副愁眉苦脸的样子。当他到了那儿时，约翰伯爵已经翻过山脉，到很远的地方去了。格林姆斯只好整天坐在外屋仆人的大厅里，喝着烈性麦芽酒，借酒消愁。在约翰伯爵回来前，他的忧愁早已被酒浇灭了。

善良的约翰伯爵昨晚没有睡好，他对他的太太说："亲爱的，这孩子肯定到松鸡禁猎场去了，迷了路，一想到他，我的头就很重，我有愧于他，可怜的小家伙。我知道接下来该做什么。"

第二天早上五点，他就起床了。洗漱之后，他便穿上了狩猎服和绑腿长筒靴，俨然是一位优雅的英国老绅士。他走进牲口栏，脸上红润得像玫瑰，手掌厚实得像桌板，背脊宽大得像小公牛。

他吩咐手下牵上他打猎的矮种马，让管家跟在马后。他还叮嘱那些猎人、帮猎人赶狗的人以及助理管家用皮带牵上猎犬。那是一条大猎犬，身子和小牛一样高，身上的颜色像砂石路，耳朵和鼻子的颜色像红木，嗓门叫起来像教堂钟声一样响。他们把猎犬带去了汤姆逃跑的树林，在那里，猎犬抬高嗓门大叫，把自己所知道的一切都告诉了他们。然后，猎犬带他们去了汤姆翻过的围墙，他们把墙推倒，全体都跨了过去。接着，这条聪明的猎犬又带他们去了沼泽地，越过荒野，一步一步，慢慢地往前走。你知道，因为汤

---

① 先令：1976 年前英国流通的货币单位，1 先令合 1/20 磅，12 便士。

姆的气味已经是前一天的了，因炎热干旱的天气而变淡。这就是为什么精明的老约翰伯爵要赶在早上五点出发。

终于，猎犬来到了鲁斯维特峭壁的顶端，它停下了，朝着他们吠叫着，好像在说："告诉你们，他就是从这里下去的！"

他们都不敢相信汤姆走了这么远，望着这可怕的峭壁，他们怎么都没法相信，汤姆竟然敢面对它。但这只猎犬是这么说的，那就一定是真的。

"上帝宽恕我们吧！"约翰伯爵说，"如果我们能找到他，他一定躺在谷底。"他用他的大手拍了拍结实的大腿，说："谁愿意从鲁斯维特峭壁下去，去看看这孩子是否还活着？我要是再年轻个二十岁，就自己下去了！"就像这个郡任何一个扫烟囱的人一样，如果再年轻二十岁，他确实会爬下去的。

接着，他又说："谁要是能把这孩子活着带回来，我会给他二十英镑！"他说到做到，这是他的一贯作风。

这一次，在人群中间有个小马夫，其实是个非常小的孩子。他就是那个骑着马去院子里找汤姆，让他去庄园的小马夫。他说："有没有二十英镑没关系，我会从鲁斯维特峭壁上下去，仅仅是为了那个可怜的孩子。因为他是所有扫烟囱孩子里，讲话最有礼貌的小家伙。"

说完，他就从鲁斯维特峭壁上下去了。在山顶时，他还是个英俊的小马夫。可是在谷底时，他就变得非常狼狈了。他的绑腿被划破了，裤子也裂开了，夹克衫撕破了，吊带也拉断了，长筒靴开了口子，帽子也弄丢了。最糟糕的是，他弄掉了衬衣上的胸针，那可是纯金的，是他最引以为豪的东西，这可真是个大损失啊。尽管如此，他还是连汤姆的一根头发丝都没找到。

与此同时，约翰伯爵和其余的人都骑着马，绕路走。他们向右走了足足三里路，然后又回来了，到了文代尔，来到了峭壁脚下。

他们来到了老妇人的学校，所有孩子都跑出来看。老妇人也走了出来，当看见约翰伯爵，她行了个很深的屈膝礼，因为她是他的一名佃户。

“老太太，您好吗？”约翰伯爵问道。

“送给你像你的背脊一样宽厚的祝福，哈索沃，”她并没有称呼他为约翰伯爵，只叫他为哈索沃，那是北郡的流行叫法。她说：“欢迎来到文代尔。这个时候过来，你不是来猎狐狸的吧？”

“我在打猎，而且找的是奇怪的猎物。”他说。

“上帝保佑你，是什么让你一大早看上去这么伤心？”

“我在找一个迷路的孩子，一个扫烟囱的小孩，他逃走了。”

“哦，哈索沃，哈索沃，”她说，“你一直都是个正直善良的人，对吧。如果我把那可怜孩子的消息告诉你，你不会伤害他吧？”

“不会的，不会的，老太太。我们从家里追出来找他，完全是一个可怕的错误。猎犬追踪他到了鲁斯维特峭壁的顶部，然后……”

听到这里，老妇人放声大哭起来，打断了他的话：“那么他告诉我的都是事实了，可怜的小家伙啊！啊，第一感觉是最正确的，只要你愿意去倾听，你的心就会指引你正确的方向。”接着，她把发生的一切都告诉了约翰伯爵。

“把狗牵来，让它去找。”约翰伯爵说，他没再说话，咬紧了牙关。

狗被立刻放了出来，从村舍后面出发，穿过小路，翻过草地，走过赤杨树林。在一棵赤杨树的树桩旁，他们看见了汤姆脱下来的衣服。这样，他们该知道的都知道了。

那么汤姆呢？

啊，现在到了这个美妙故事的最精彩环节。当汤姆醒来时，哦，他当然会醒来的。孩子们在有了一个有益于他们的睡眠后，总是会醒来的。汤姆发现自己在小溪里游泳，身体只有4英寸长，精确一点说，是3.87902英寸。他的脖子周围长着一圈腮，他去扯它的时候，弄疼了自己。然后，他才发现它们不是花边饰带，而是自己身体的一部分，最好别去碰它。

事实上，仙女们把汤姆变成了一个水孩子。

水孩子？你从没听过这个说法吧。也许没有。这正是为什么要写这本书的原因。世界上有很多东西，你都没有听过。其中有大部分从前没有人听说过，还有许多将来也没有人会听说。

“但水孩子这种东西是不存在的。”

你怎么知道不存在呢？你去那里看过吗？如果你去那里看过，就算没有看见也不能证明不存在。如果加特先生没有在埃弗斯利树林发现狐狸，那也不能证明不存在狐狸这种东西呀。不管是埃弗斯利树林还是英格兰的其他树林，不管是我们已知的水域还是世界上其他的水域，没有人能断言水孩子是不存在的。

“但是，如果有水孩子，至少有人捉到过一只吧？”

好吧，你怎么知道没有人捉到过呢？

“但是，如果他们捉到了，他们应该会把它放进酒精瓶里，或是把它切成两半，可怜的小东西。然后一半送去给欧文教授，另一半送去给赫胥黎教授。[①] 看看他们都会说些什么。”

啊，我亲爱的小宝贝！正像你在故事结束之前会看到的那样，这种事情最终并没有发生。

“但是，水孩子的存在是违背自然界的。”

噢，我的小宝贝，当你长大成人，你必须要学会换一种表达。当你谈到这个美好的世界时，你不能用“没有”和“不可能”这样的词语。因为，世界上最聪明的人也只知晓最小部分的世界。这就

① 欧文教授：英国解剖学家和动物学家；赫胥黎教授：英国著名博物学家，达尔文进化论支持者中最杰出代表。

正如伟大的艾萨克·牛顿[①]先生所说，那就像小孩在无穷无尽的知识海岸旁拾鹅卵石一样。

你不要说这个是不可能的，或是违背自然的。你不知道自然是什么，不知道她能做什么。大家都不知道，就连欧文教授、赫胥黎教授、或是达尔文先生这些学生们尊敬的伟人都一样不知道。他们是非常聪明的人，你必须充满敬意地听他们都说了些什么。我确信他们不会说“那是不存在的，那是有违自然的”这种话。聪明的人害怕说“那是违背自然的”这种话，除了与数学真理相违背的东西：二加二不等于五，两条相交直线不会二次相交，部分不会大于整体，等等。而且，聪明的人很少说“不能”，因为这是个十分轻率、危险的词语。

事实上就是没有水孩子？为什么这么说呢，有智慧的老人说过，地面上所有的生物都能在水里找到。如果你认为这个理论不是很正确，你应该很早就听过其他的一些说法吧。陆地上有孩子，为什么水里就不能有呢？不是有水耗子、水蟋蟀、水蟹、水龟、水蝎子、水老虎和水猪、水猫和水狗吗？不是还有海狮子和海熊、海马和海象、海鼠和海刺猬、海剃刀和海笔、海梳子和海扇子吗？至于植物，不是还有水草和水毛茛、水蓍草等等数不完的东西吗？

“但是，所有的这些都只是小名啊，这些水里的东西和陆地上的也不是同类。”

不一定都是如此。在数百万的例子中，他们不仅是同一类的，事实上还是同一种个体的生物。绿蜉蝣、桤木绳和蜻蜓，它们蜕皮前都生活在水中。汤姆是不是也换了皮肤呢？如果水里的动物可以不断地变成陆上的动物，那陆地上的动物为什么不能变成水里的动物呢？

---

① 艾萨克·牛顿：英国著名的物理学家，英国皇家学会会长，百科全书式的“全才”。

既然低等动物发生的变化都这么奇妙、这么难以发现，为什么高等动物就不能发生更加奇妙、更难以发现的变化呢？难道人这万物之王、万物之花就不能发生比其余一切生物更加美妙的变化吗？

而且，我亲爱的小宝贝，在你懂得的比欧文教授和赫胥黎教授加起来还要多得多之前，请不要告诉我不会发生什么，或者凭空说什么东西太令人惊奇了，那不可能是真的。

我说这话是认真的吗？噢，不，亲爱的。你不知道这只是个童话故事么，都是说着玩的，都是在假设。就算这故事是真的，你也一个字都别信。

总之，汤姆身上就发生了这种变化。所以，管家、马夫还有约翰伯爵都犯了个大错误：他们在水里发现了一个黑乎乎的东西，以为那就是汤姆，已经溺水而死。其实他们完全弄错了。汤姆现在活得好好的，比以往任何时候都更干净、更快乐。

仙女们帮他洗了澡，看！在湍急的河流中，给他彻底地洗了个澡，不仅是身上的灰尘，就连他的整个外皮和外壳都被完全洗掉了。那个漂亮、可爱的小汤姆被她们从里面洗了出来，游走了。就像一只石蚕，把宝石和丝绸做的茧捅破，仰着身子钻出来，划到岸边，在那里蜕掉外皮，变成小飞蛾飞走了，拍打着四片浅黄褐色的翅膀，悬着长长的腿，伸着长长的触须。那些小飞蛾都是些笨家伙，如果你在夜里敞着大门，它们就会飞进来，扑向火焰里去。但愿汤姆是更聪明的家伙，如今，他已经安全地离开了他那满是煤灰的旧壳子了。

但是，好人约翰伯爵又不是伦敦林奈学会的学员①，他并不明白这些。在他的头脑里，这意味着汤姆已经淹死了。他们翻开汤

① 伦敦林奈学会：此学会建于1788年，是一个研究生物分类学的协会。

姆壳子里的瘪口袋，没有发现钱和珠宝，什么也没有，只有三个大理石块和一颗系着线的铜纽扣。

这时候，约翰伯爵像是哭了起来，这是他人生当中的第一次。他很痛苦地自责，其实他完全没必要这样的。他哭了，小马夫哭了，猎人哭了，老妇人哭了，小姑娘哭了，挤奶女工哭了，老保姆哭了（多少都是她的过错），夫人也哭了。但是，管家没有哭，尽管前一天早上，他对汤姆还是很有礼貌。因为跑着追偷猎者已经快把他渴死了，让他挤出眼泪来，就像从皮革里挤出奶来一样难。格林姆斯也没有哭，因为约翰伯爵给了他十英镑，他在一周内就喝酒花光了。约翰伯爵派人去很远的地方找汤姆的父母，但是等来的都是不好的消息：一个已经死了，另一个在博特尼湾[①]。

而那个小姑娘整整一个星期都不玩布娃娃，她永远都忘不了可怜的小汤姆。

不久后，在文代尔的教堂墓地里，伯爵夫人给汤姆立了个漂亮的小墓碑，下面埋着汤姆的旧壳子。在那里，谷地的年老居民都一个挨着一个地躺在一块块的墓碑下面。

每周日，老妇人都会在汤姆的墓碑前放上一个花环。后来，她实在是太老了，再也不能摇摇晃晃地走出门外。于是，她的孩子们就替她去放花环。

当她坐着纺织的时候，她总是会唱一首很老很老的歌谣，而且她把自己织的衣服叫做结婚礼服。孩子们不知道她唱的是什么，但这丝毫不会减少他们对这首歌的喜爱。因为这首歌甜美又悲伤，对于他们来说，这就足够了。下面就是这首歌的歌词：

---

① 博特尼湾：澳大利亚东南部太平洋沿岸的小海湾。

当整个世界都还年轻，小伙子，
所有的树木都碧绿生光。
每一只笨鹅都是天鹅，小伙子，
每一个少女都是女王。
向靴子和马儿问好，小伙子，
出去看看世界的模样。
年轻的血液有它的流向，小伙子，
每个人都会有他的辉煌。

当整个世界都变老，小伙子，
所有的树木都枯黄。
所有的运动都疲惫不堪，小伙子，
所有的车轮都磨旧损伤。
请爬回家去找安身的地方，
同老弱病残的人待在一块儿：
上帝让你在那找到一张脸庞，
那是一切年轻时你爱的模样。

这就是那首歌的歌词，但它们只是歌的载体。而歌的灵魂，是可亲的老妇人那慈祥的脸庞和甜美的声音，还有她唱出的甜美的古老的气韵。唉！那可是无法言喻的东西。

最终，老妇人变得僵硬、蹒跚，天使们只好来把她带走。她们帮她换上了那件结婚礼服，带着她飞过了哈索沃荒野，飞向那很远很远的地方。从此，文代尔又迎来了一位新的女教师。

而此时，汤姆一直在河里游泳，他脖子周围有一圈像花边一样的漂亮腮环，它们像蚱蜢一样活泼好动，又像刚游入淡水河的鲑鱼一样干净清爽。

好了，如果你不喜欢我的故事，那现在就可以回到教室，去学你的乘法表了，看一看你是否更喜欢那个。毫无疑问，有些人会那么做。对他们来说有多不好的东西，对我们来说就有多好。其实，世界就是由各式各样的人组成的。

第三章

汤姆现在完全是两栖动物了。你不知道这是什么意思？那你最好就近去请教一下老师，他可能会非常机智地回答你，比如：

“两栖动物，amphibious，它是形容词，由两个希腊单词演变而来。Amphi，鱼；bios，兽。我们无知的祖先设想有一种动物是由鱼和兽组成的，因此，像河马一样，它既能在陆地上生活，又能在水里生活。”

不管怎样，汤姆变成了两栖动物。更值得高兴的是，他变干净了。那是他人生当中第一次感觉到，身上没有其他东西粘着是多么舒服的一件事啊。但他只知道享受这种感觉，却不理解这是怎么回事，也懒得去想。就像你享受生活和健康一样，却从未思考过活着和健康的意义。也许，很久以后，你才不得不去思考。

汤姆已经不记得自己以前很脏。事实上，他忘记了之前所有的麻烦事，像疲惫、挨饿、挨打、被赶去打扫黑乎乎的烟囱等等，全都不记得了。在那一个甜美的酣睡后，他已经忘掉了所有东西：他的师傅、哈索沃庄园、那个洁白的小姑娘。总之，以前生活中发生的所有事情他统统忘掉了。最让人高兴的是，他还忘记了所有从格林姆斯和过去的玩伴那儿学来的脏话。

这些并不奇怪。要知道，当你来到这个世界，变成一个陆地上的孩子时，你什么也不记得了。那他变成一个水孩子后，什么都不记得了，又有什么好奇怪的呢？

那么，在他身上到底发生了什么？我亲爱的孩子，谁知道呢。我们只记得，在曾经生活的地方发生过什么。我们要是什么也没记住，那就什么都不知道了。书上没有确切的记载，人也不能确切地告诉我们发生过什么。

汤姆在水中十分愉快。他过去在陆地上太苦、太累了，现在，他要好好地弥补一下。在水中，他将有一个很长很长的假期，这段时间他什么也不用做。

如今，他什么也不用做，只需好好享受。在凉爽清澈的水世界里，有很多美妙的事物等着他去欣赏。在这个世界里，太阳永远不会太热，霜冻永远不会太冷。

那么，他吃什么呢？也许是水芹，或者是水粥和水奶。很多陆地上的孩子就是这么吃的。但是，我们对水里吃的东西的十分之一都不了解。所以，对于这个问题，我们答不上来。

有时，他沿着光滑的砂石水路向前游，看见蟋蟀在石头中间进进出出的，就像陆地上的兔子一样。有时，他爬上突出的岩石，看见成千上万的矶鹞①悬在空中，每一只都长着一个可爱的小脑袋和两条小腿。有时，他会钻进安静的角落，观察水蛴螬②吃枯枝条。那贪吃的模样，估计和你吃葡萄干布丁时一样。

他还看到她们用丝和胶造房子。她们可是非常有想象力的女士，没有一个会在同一天用上同一种材料。有的会先找来一些石子，然后用绿水草把它们粘上，再找来一个贝壳，也把他黏上去。

---

① 矶鹞：一种鸟，喙短，上体褐色，飞羽近黑。
② 水蛴螬：金龟甲的幼虫。体肥大，体型弯曲呈 C 型，多为白色，少数为黄白色。

可怜的贝壳是活着的，他不想自己被这样拿去建房子。但是，水蚜螬连提出抗议的机会都不会给他们，她们粗鲁又自私，就像人往往很自私一样。

然后，她再粘上一片腐烂的木片，还有一块非常漂亮的粉色石头，等等。拼拼凑凑，一块又一块，直到最后造出来的东西像爱尔兰人的外套一样。

接着，她又找来一根比自己身子还长五倍的稻草，说道："啊哈！我姐姐有一条尾巴，我也有咯！"她把稻草粘在自己的屁股后面，洋洋得意地走着。其实粘上它，行动非常地不便。

很快，那根尾巴成了池塘里水蚜螬引诱别人的最时髦打扮，好像她们才是走在去年五朔节长池①最前头的家伙。她们走路都摇摇晃晃的，屁股上粘着长长的稻草，那稻草还时不时地插到彼此的腿中间，绊倒对方。

这画面真是滑稽极了，汤姆看着她们，笑得眼泪都出来了，就像我们一样。但是，你知道吗，她们一点也没错。就像人必须得赶时髦一样，她们也是如此。

有时，他会来到幽深的河段，在那里，他看见了水森林。也许它们在你眼中看来只是些小水草，但是你要知道，汤姆可是很小只的，所有在你眼中看到的东西，在汤姆眼中都要大上一百倍。好比一条鲦鱼在找食时能看到的微小水生物，你要在显微镜下面才能看得见。

在水森林里，你可以看到水猴子和水松鼠。只不过，他们都是六条腿的，除了水蜥和水孩子之外，水里的一切生物基本上都是六条腿。他们在树枝间敏捷地跑来跑去。

---

① 五朔节长池：欧洲传统民间节日，用以祭祀树神、谷物神、庆祝农业收获及春天来临。这里的五朔节长池指五朔节的游行队伍。

那里还有成千上万的水花儿。汤姆想去摘他们，但手刚一碰到他们，他们就缩了进去，变成一团黏糊糊的东西。这时，汤姆才发现他们都是活着的。五颜六色和形状各异的漂亮铃铛、星星、轮子和花朵，他们都是鲜活的生命，和汤姆一样在忙乎自己的事情。此时，汤姆才发现，这个世界要比第一眼看到的丰富多彩许多。

还有一个奇妙的小家伙，他住在一个用圆砖造成的房子里，从房顶上伸出脑袋向外看。他有两个大轮子和一个小轮子，轮子上都是牙齿。这些齿轮不停地转呀转，就像打谷机一样。

汤姆站在那，傻傻地盯着看，想看看他要用他的机器做些什么。你觉得他会做什么呢？做砖头。他用两个大轮子把漂浮在水面的淤泥扫到了一块，把其中好一些的吃进了肚子，接着把所有的淤泥放进了胸前的小轮子里。小轮子其实就是一个有着牙齿的圆洞。他就在这个洞里把淤泥做成了一个干净、坚硬的圆砖。他把砖块取出来，砌在房子的墙头上，然后着手做下一块。看！他难道不是个聪明的小家伙吗？

汤姆就是这么认为的。但当他想跟这个做砖的人说说话时，他好像忙得不可开交，又沉浸在自己的作品中，洋洋得意，根本顾不上汤姆。

你要知道，水下的所有生物都会说话。他们的语言和我们的不同，但说的话与马、狗、牛以及鸟相互交谈时说的一样。汤姆很快就能听懂了，且能和他们交谈。所以，只要他是个好孩子，就会有非常棒的朋友。

但是很遗憾，汤姆和一些小男孩一样，他太爱追赶、捉弄小动物了，不为别的，纯属好玩。有人会说，男孩都一样，这是控制不了的，天生的。其实，不管是不是天生的，小孩能够控制好自己，也必须要控制好自己。即使他们像猴子一样淘气，玩一些低级的恶作剧，那也没有理由说他们就应该像猴子一样，别的什么都不懂，只知道玩把戏。所以，他们不可以折磨那些没有说话能力的动物。如果他们干了坏事，就会有一个老奶奶来给他们应有的惩罚。

可是汤姆并不知道这些。他招惹、捉弄和欺负那些可怜的小东西，把他们折磨得伤心死了。最后，他们都怕了汤姆，远远地躲着他，还爬进他们的壳子里躲起来。所以，他就没有可以一起说话和玩耍的朋友了。

水仙女们看到汤姆不开心的样子当然也很难过。她们很想把他带走，告诉他，他太淘气了，教他做一个好孩子，和他嬉戏玩耍。但是，女王不允许她们那么做。汤姆要像很多愚蠢的人们一样，自己去经历和感受，通过刻骨铭心的教训，自己去学会一切。虽然有很多善良仁慈的人们一直在关心、同情着他们，也很想教给他们一切，但那些要靠他们自己去学。

终于有一天，汤姆看见了一只水蛴螬。他想让她从自己的房子里走出来，但是那房门是紧闭着的。他从没见过水蛴螬的房子有门，所以这个小捣蛋下定决心，要把她的房门拉开，看看里面究竟是什么样子。

多讨厌啊！你难道喜欢有人在你睡觉时，破门而入闯进来，看看你躺在床上的尴尬样儿？就这样，汤姆把门撕成碎片。那是一扇最漂亮的、加有栅栏的门，门上缀有亮闪闪的水晶片。当汤姆向门里边看时，水蛴螬伸出了脑袋，她的头已经变成了鸟头的形状。汤姆和她说话，她却不能回答，因为她整个头都被一顶十分干净的粉色“睡帽”紧紧包住了。

她虽然说不了话，但是其他的水蛴螬可都说了。她们举起手来，像《蓬蓬头彼得》①中的猫咪一样，说道：“啊，你这个可怕的坏家

---

①《蓬蓬头彼得》：有译本叫做《斯图威尔的彼得》。德国最家喻户晓的经典儿童绘本，作者是德国心理医生海因里希·霍夫曼。

伙,又来捣乱啦!她刚刚躺下,要休眠两个星期,不久就能长出美丽的翅膀,旋转飞舞,产下很多卵。你现在把门弄坏了,她都没办法修补,因为她的嘴要绑上两星期啊,她会死的。谁让你过来打搅我们的,把我们的生活弄得一团糟?"

汤姆游走了,他很为自己感到羞愧,可不知怎的,捣蛋的念头更强烈了。就像有些小孩们做错了事,但嘴上又不愿承认一样。

然后,汤姆来到了一个池塘,里面全是小鲑鱼。他又开始折腾他们,想捉住他们。但他们都从他的手指间滑掉了,吓得蹦出了水面。汤姆想抓到鲑鱼,他来到了一棵赤杨树的树根旁,树根下有一个很大的、黑洞洞的漩涡。突然,一条巨大的棕色老鲑鱼直接从漩涡里冲出来,飞向汤姆。这老鲑鱼可是汤姆的十倍大啊,吓得他魂都没了。不过话说回来,也不知道他俩谁被吓得更厉害。

于是,汤姆气呼呼、孤零零地走了。这就是他应有的惩罚。

接着在河岸边,汤姆看见了一只又丑又脏的小家伙在那坐着,身子只有他的一半大。他有六条腿,一个大肚子,和一个相当滑稽的脑袋:两个大眼睛,一张长得像驴子的脸。

"哦!"汤姆说,"你是个丑家伙,没错!"接着,汤姆开始朝着他扮鬼脸,把鼻子凑近他,像野孩子一样招呼他。

这时候,就在转眼间,那张驴脸一下子就消失了,突然伸出了一只长长的手臂,手臂上还有一对钳子,一下子就夹住了汤姆的鼻子。他并没有怎么伤害到汤姆,但却把他紧紧地夹住了。

"哎呀,啊!噢,放开我!"汤姆哭着。

"那你也别烦我,"那动物说,"我要安静,我要裂开了。"

汤姆保证不再打扰他,他便放走了汤姆。

"你为什么要裂开?"汤姆问道。

"因为我的兄弟姐妹都裂开了,有了美丽的翅膀,我也想要裂开。别跟我说话,我觉得我要裂开了,我要裂开了!"

汤姆一动也不动，就那样看着他。他膨胀了，裂开了，把身体伸直。最后，膨胀、爆裂、砰的一声，他的背裂开了，掉落了下来，然后向上裂开到脑袋。

现在，他里面的身体都出来了，展现在眼前的是一个最纤细、最优美、最柔软的身体，像汤姆的身体一样柔软光滑。但是他很苍白虚弱，像个在黑暗的房间里待久了的病孩子。他一边无力地挪动着腿，一边害羞地看着自己，就像第一次去舞厅的小姑娘一样。然后，他顺着一根草茎慢慢地走上去，露出水面。

汤姆吃惊极了，看得连话都不会说了，只是瞪大眼睛看着。他也浮了上去，露出了水面，看看接下来会发生什么。

那个动物正坐在温暖明亮的阳光下，一场美丽的蜕变即将上演。他变得结实强壮了，身上开始出现美丽的颜色：蓝的、黄的和黑的，圆点、条纹和圈圈。从他的背上，伸出四片亮棕色的薄纱大翅膀。他的眼睛变得很大，几乎占满了他整个脑袋，像一万颗钻石一样闪闪发光。

“哦，你真漂亮！”汤姆感叹道。他伸出手去，想要抓他。

但是，这个动物盘旋着飞上天空，借着翅膀，在空中悬着静止了好一会儿。然后，他停在了汤姆跟前，一点也不害怕。

“不，”他说，“你抓不到我的。我现在是一只蜻蜓，是所有苍蝇的克星。我会在阳光中起舞，在河面上捉蚊子吃，找一个像我一样美丽的妻子，我知道我要做什么。啊哈！”说完，他就飞向天空，开始捉蚊子。

“哦，回来，快回来！”汤姆哭了，“你这个漂亮的家伙，我没有玩伴了，在这里我很孤单。如果你愿意回来，我再也不捉你了。”

“我才不在乎你捉不捉我呢，”这只蜻蜓说，“因为你捉不到我。但是，等我吃完东西，再稍微看看这个美丽的地方，就会回来的。我会和你聊聊路上看到的东西。哇，这棵树真大啊！树叶也这么大!”

那只是一棵大酸模草①。但是你知道,蜻蜓从前只见过很小的水草,就是像星星草、蓍草和水毛茛这样的东西。所以,那棵树对他来说的确很大。而且,他还有近视,这是所有蜻蜓的特征。鼻前一英尺以外的东西,他们就看不见了。许多身体不及他一半大的小家伙,都能看得比他远。

蜻蜓飞回来了。他对汤姆滔滔不绝地说个没完。他对自己身上的漂亮色彩和大大的翅膀感到得意。但你知道吗,他以前可是个又脏又丑的可怜家伙,所以,他现在如此自负也是情有可原的。

他很爱讲自己在树上和草地上见到的一切美妙事物。汤姆也很爱听他的故事,因为他完全忘了自己见过它们了。所以,他俩很快就成为了要好的朋友。

我很开心地告诉你,这一天,汤姆上了很有意义的一课。从那以后,汤姆有很长一段时间没有折磨小动物了。那些水蚜螬对他也更加友善了,还跟他讲了一些有趣的故事,比如她们造房子的方法,她们怎样换皮,最后变成有翅膀的飞蛾。听得汤姆都渴望可以换皮,有一天像她们一样长出翅膀。

鲑鱼也跟他和解了。因为鲑鱼在受过威胁和惊吓后,会很快忘记的。汤姆还常常和他们玩猎犬捉野兔的游戏,大家都玩得很开心。他还经常试着蹦出水面,再头朝下来个鱼跃,就像阵雨到来前鲑鱼所做的那样。但他从来没有成功过。

他最喜欢看鲑鱼浮出水面吃飞虫。他们在大橡树的影子下游啊游,甲虫会时不时啪的一声掉入水中。还有绿色毛毛虫,他们会无缘无故地拖着虫丝从树枝上下来,然后又无缘无故地改变他们愚蠢的念头,把丝收起,重新回到树上,接着把丝卷成球,攒在他们

---

① 酸模草:俗名野菠菜,多年生草本。

的爪子里。

非常聪明的走钢丝演员才能耍出这样的把戏啊，就连布朗丁[①]和廖塔德都做不到。但是他们为什么要花那么大力气来做呢，这谁都不知道。布朗丁和廖塔德那么做是为了谋生，可他们总不能靠掉断脖子来维持生计吧。

当他们碰到水面时，汤姆常常去抓他们。他捉到了桤木蝇、小蛾子、鸡尾巴蜉蝣和蜘蛛。这些小东西有黄色的、棕色的、紫红色的和灰色的，汤姆把这些都送给了好朋友鲑鱼。汤姆或许对这些飞虫并不太仁慈，但是他对朋友还是很好的。当一个人有能力的时候，就要为朋友做些好事来表达友好。

最后，汤姆连飞虫都不捉了。因为他偶然地认识了一只飞虫，并发现他是个十分令人愉快的小家伙。事情就这样发生了，一点不假。

七月炎热的一天，汤姆正浮在水面上，一边晒太阳，一边捉蜉蝣给鲑鱼吃。这时，他看见了一种新的飞虫，他的身子是深灰色的，还有一个棕色的脑袋。他的块头虽小，但对自己却十分看重，就像人应该做的那样。他昂起头，翘着翅膀，竖起尾巴和尾巴尖上的两把小刷子。总之，他的模样神气极了，是所有小伙子中最得意的那个。事实证明没错，他不但没有飞走，反而还跳在汤姆的身上，像九尾精一样英勇地坐着。

他用最细小、最刺耳、最尖锐的声音叫嚷道："真的非常感谢你的好意，但我不需要。"那声音你肯定第一次听到。

"需要什么？"汤姆问，小家伙的傲慢无礼让他大吃一惊。

"你的腿，感谢你伸出来让我坐着。可我必须马上离开，去照看我的老婆。哎呀！成了家就是麻烦！"其实，这个游手好闲的小

---

① 布朗丁：法国杂技演员，擅长表演走钢丝。曾数次走钢丝跨越北美尼亚加拉河。

家伙根本什么都不用做，他把可怜的妻子放在一边，让她独自孵卵。

“我回来的时候，你要是把腿伸在那等我，我会很高兴的。”说完，他就飞走了。

汤姆心想，他真是个厚脸皮的家伙。五分钟后他回来的时候，汤姆觉得他更是厚颜无耻了。他说：“啊，你等累了吧？好的，你的另一条腿也这样伸出来吧。”

他跳到了汤姆的膝盖上，用他那尖嗓门滔滔不绝地说起来：“所以，你在水下生活？那地方可不好，我以前住过，把我弄得又破又脏。我待不下去，就走了。所以我就到上面来了，穿上了这件灰衣裳，变得受人尊敬。这是件非常正式的套装，你看怎么样？”

“确实非常简洁大方。”汤姆答。

“是啊，一个人必须朴素、干净、受人尊重，但是在成家后，这些东西就基本上没了。我已经厌倦了，事实就是这样。我觉得，自己已经做得够多了。上个星期，为了生活我都受够了。所以，我要换一身舞会的礼服，出去做一个潇洒的男人，看一看这个花花世界，跳一两支舞。能快活的时候为什么不呢？”

“那你妻子怎么办？”

“哦！她是个无趣愚蠢的东西，真的。她什么都不知道，只会孵蛋。如果她决定跟我出去，那就去。她若不想去，那我就自己去。现在我就出发。”

说这话的时候，他脸色苍白，然后一点血色都没有了。

“呀，你病了！”汤姆说道。

但他没有回答。

“你要死了。”汤姆又说。

汤姆看着他站在自己的膝盖上，就像看着一个鬼一样。

“不，我没有！”一个很细很尖的声音在汤姆头顶上说，“我在上面呢，穿着我的礼服，这就是我的皮肤。哈哈！你可变不出这把戏吧！”

别说汤姆了，就连侯丁、罗宾、费里克尔[1]还有世界上所有的魔术师都变不出来。这个小游民把自己的皮完全脱下来了，还把它留在汤姆的膝盖上。这层皮上的眼睛、翅膀、腿和尾巴都是完好的，就好像是活着的一样。

“哈哈！”他笑道，他飞快地跳上跳下，一刻也不停歇，好像得了舞蹈病一样。“现在，我是个漂亮的小伙儿吧？”

他确实是。他的身子是白色的，尾巴是橘色的，眼睛里闪着孔雀尾巴的五彩颜色。最奇怪的是，他尾巴上的小刷子变长了，是他原来大小的五倍。

“啊！”他说，“现在，我要去看花花世界咯。我的生活，不会花费很多钱的。因为你看，我没有嘴，没有内脏。我不会感到饿，也不会再肚子疼了。”

他确实没有。他变得又干又硬，像根鸡毛管子。那种愚蠢、肤浅的家伙才会长成这个样子。

但是，他一点也不为自己的空虚无知感到羞愧，相反，就像许多花花公子那样，他十分自豪。他开始跳上跳下，唱着歌曲：

妻子跳舞我唱歌，
日子过得好快活；
这种生活最惬意，
驱散烦恼幸福多。

他就这么跳上跳下整整跳了三天三夜，直到累得不行，便掉进

---

① 侯丁、罗宾和费里克尔都是当时有名的魔术师，分别来自法国、德国和荷兰。

了水里，顺水漂走了。他会变成什么样，汤姆就不知道了。而那家伙自己也不在意，因为汤姆听到他最后漂在水上时还在唱："驱散烦恼幸——福——多！"

如果他自己都不在乎，那别人还替他担心什么呢。

有一天，汤姆经历了一场新的奇遇。当时他正睡在水百合的叶子上，他和他的朋友蜻蜓一块儿，看飞虫们舞蹈。蜻蜓吃了好多好多的东西，肚子撑饱了，而他一动不动地坐着，满是睡意。因为天气实在太热，太阳光又太强烈。

对于可怜兄弟们的死，那些飞虫也毫不在意，他们继续在汤姆的头顶上欢快地舞蹈。一只大黑苍蝇停在了离蜻蜓鼻子一英寸不到的地方，开始用自己的爪子洗脸、梳头。但是蜻蜓一点也没在意，还在和汤姆聊天，讲他过去在水下的生活。

突然，汤姆听到从溪流上游传来的奇怪声音。咕咕咕、呼噜噜、呜呜呜、吱吱吱，那声音就像你的袋子里装有两只野鸡、九个耗子、三只豚鼠和一只瞎眼的小狗，然后把他们丢在一旁不管，任他们自个儿嚷嚷时发出的声音。

汤姆向上游望去。他看见了一幅奇怪的画面。一个大球从上游翻滚下来，乍一眼看上去，它是一只长着棕色毛的球体。但再仔细一看，它是个闪亮的玻璃球。其实那并不是一个球，因为它有时打开，有时又聚拢，而且还发出越来越大的声响。

汤姆问蜻蜓那是什么东西。但是，蜻蜓是近视，尽管那东西离他还不到十英尺，可他一点也看不清楚。于是，汤姆沉入水里，靠着一块最光滑的露头石，开始自己观察。

当那个球滚到他们跟前时，又打开来了，变成了四五只很漂亮的小动物，每一个的身子都比汤姆大好多倍。他们四处游着、打着滚儿、潜着水、转着圈儿、翻着跟斗，拥抱、亲吻、咬、抓，那种样子别提有多可爱，你一定没见过。

如果你不信，你可以去动物园看看。看着水中玩耍的水獭，你不认为他们是你见过的最愉快、最柔软、最优雅的动物么？

但是，当他们中最大的那只看到汤姆时，她从同伴中间冲了出来，用水里的语言叫嚷着，声音十分尖锐："快，孩子们，我们有东西吃啦！"她一边喊，一边冲向可怜的汤姆。她的两只眼睛冒着凶光，咧嘴一笑，一排锋利的牙齿露了出来。

汤姆还以为她非常漂亮可爱呢，这个时候，他对自己说："这才是漂亮可爱的真面目啊！"说完，他就飞快地钻进了水百合的根叶之间，然后转身对着她做了个鬼脸。

"给我出来！"那个凶恶的老水獭说，"否则你更没好下场。"

汤姆从两个粗壮的根茎之间看着她，使出吃奶的劲摇晃着它们，还不停地朝她扮吓人的鬼脸。就像他曾经在陆地上生活时，隔着栅栏向老妇人咧嘴坏笑一样。毫无疑问，这是不大礼貌的。但是你知道，汤姆可是还有好多课要上呢。

"走吧，孩子们，"老水獭摆出一副很厌恶汤姆的样子，"这东西根本就不值得吃。那只不过是一只脏兮兮的水蜥。没谁会吃他，就连池塘里那些下等的狗鱼也不会。"

"我不是水蜥！"汤姆说，"水蜥是有尾巴的。"

"你就是，"老水獭很肯定地说，"看你的两只手我就知道，你有尾巴。"

"我告诉你我没有，"汤姆急了，"你瞧！"

他把漂亮的小身体转了一个圈儿，当然了，他没有尾巴。

老水獭本来想说汤姆是一只青蛙的，可是话到嘴边又改变了主意。和很多人一样，不管她说的是对还是错，都会死撑到底。

所以她又说："我说你是水蜥，你就是水蜥。对于我和我的孩子这种上流人士来说，你可不是合适的食物。你最好就待在那里，等着鲑鱼来吃你吧。"她知道鲑鱼不会吃他，但为了好好吓唬他，她只好那么说。

“哈哈！他们吃你，我们吃他们。”老水獭笑着说，笑得那么邪恶和残忍。你要是第一次听他们笑，很可能会以为他们在鬼哭狼嚎。

“鲑鱼是什么？”汤姆问。

“你这水蜥，那是一种很美味的大鱼。他们是鱼的领主，而我们是他们的领主。”老水獭又笑了，“我们在池塘里上上下下地追捕他们，把他们逼进角落。这些蠢东西，他们还那么自以为是，欺负小鳟鱼和鲦鱼。但看到我们来了，他们就立刻投降。我们把他们捉来，但不屑于把他们整条吞下。我们咬他们的喉咙，吸他们身子里的甜汁。啊，那味道真好！”说完，她舔了舔她那张邪恶的嘴。“然后，把他们扔掉，再去抓其他的。他们很快就要来了，就要来了，孩子们。我能嗅到雨水要从海那边飘来了，到时候，我们就有好多好多新鲜的鲑鱼吃，一整天都有吃的了，欢呼吧！”

老水獭越说越得意，高兴得一连翻了两个前空翻，然后，半个身子露出水面，直直地站着，咧着嘴傻笑。

“他们从哪来的？”汤姆小心翼翼地问道，他此时已经很害怕了。

“从海里啊，水蜥，那宽广的大海。如果愿意，鲑鱼可以待在海里，那十分安全。但那些蠢家伙非要跑出来，到大河的下游来。我们就在上面等着他们，当他们回游时，我们也向下游，跟着他们。我们在下游捉鲈鱼和鳕鱼吃，在海边过得快活极了。在碎浪里玩水、翻滚，舒服地躺在温暖干燥的岩石上睡大觉。啊，孩子们，要不是因为那些可怕的人类，那也是人生的一大乐事呀。”

“人类是什么？”汤姆问。在他开口问之前，他隐约已经知道答案了。

“那是两条腿的东西，水蜥，让我好好看看你，你要是没有尾巴，那他们实际上和你很像。”她仍然确信汤姆有尾巴。

“只是他们比你大很多。我们真是倒霉透了，他们用钩子和线来捉鱼，有时，那钩子会扎进我们脚里。有时，他们还会沿着岩石放篓子捕龙虾。唉，我可怜的丈夫就是在出门给我找食时，被他们用鱼叉戳死的。那时候我正躲在岩石中间。”

她接着说：“在陆地世界里，我们是很低等的生物。大海是很粗暴的，它不会让小鱼自己跑到岸边来给我们吃。但是人类戳死了他，我可怜的丈夫啊！我亲眼看见他们把他放在杆子上抬走了。啊，孩子们，他为了你们丢了性命，他可是个可怜的、亲爱的、温顺的家伙呀。”

说完，水獭变得伤感起来，她神情严肃地带着孩子游走了。打那以后，汤姆就再也没有见过她。

她幸好离开了那里，因为就在她走后不久，就有七条凶狠的小猎狗从上游的河岸跑来。他们一路嗅着、叫着、乱刨，水花四溅，一路上狂叫，追捕着水獭。此时，汤姆躲在水百合根之间，一直等到猎狗们离开。他怎么会猜得到，那些水百合是仙女们变了身来掩护他的呢。

汤姆忍不住想起了水獭说的话，想到了她说的大河和宽阔的大海。想着想着，他都想去瞧一瞧。他也不知道为什么，他想得越多，就越是对自己生活的小溪和玩伴感到不满。他想出去看一看那个更广阔的世界，去欣赏所有美妙的风景。他确信那个世界充满了美妙的事物。

一次，他动身往下游游去。溪水太浅了，他想游到水下去，可是水太少，都没法淹没他。太阳出来了，火辣辣地照在他的背上，弄得他生病了。他就又回去，安静地在池塘里躺了一个多星期。

接着，在一个非常炎热的夜晚，他看见了一个景象：

那一天他都昏昏沉沉的，鲑鱼也是一样。就算挪动一英寸去抓一只苍蝇，他们都不愿意。水面上可是有成千上万只飞虫呢，他们却在石头下面的水里打瞌睡。

汤姆也懒懒地躺在水下打着盹儿。他很喜欢贴着光滑凉爽的石头，因为水里的温度很高，汤姆觉得不舒服。

靠近傍晚时分，天色渐渐暗了下来，汤姆伸出头，向天空望去。他看到一大片乌云在头顶，正从溪谷的右边移步过来，从左到右盖在了两边的岩石上。汤姆并不感到害怕，反倒觉得平静。没有一丝风，没有一声鸟鸣。接着，几滴大雨点啪啪地掉进水中，有一滴正好打在汤姆的鼻头上，他立马噗通一声，埋进了水里。

然后，雷声翻滚，闪电划破了文代尔的上空，又收了回去。每一片乌云，每一块峭壁，就连溪水里的每一块岩石都似乎在颤动。汤姆躲在水下向上看，觉得那是他这辈子见过的最有趣的景象。

但是，汤姆不敢把脑袋从水中伸出来，因为掉下来的雨点都有水桶那么大，冰雹像炮弹一般投射在溪流上，搅起一团团的泡沫。接着，溪水涨起来了，直泻而下。水越涨越高，越来越险，水里漂的东西也越来越多。什么甲虫、稻草、蛆、腐败的蛋、木头里的虫子、水蛭、零星的杂物，这个，那个，足足可以填满九个博物馆。

汤姆在溪流中快站不住了，他躲到一块岩石后，但是鲑鱼却没有。他们从石头缝中冲出来，开始狼吞虎咽地吃甲虫和水蛭，那个吃相可真是贪婪极了。他们嘴边还挂着大只的虫子，为了分给对方，又拖又拽，前扯后拉。

借着闪电的光亮，汤姆看到了一番全新的景象。

溪流的整个底部都翻起来了，大片大片的大鳗鱼，他们翻滚、缠绕在一起，全都朝着下游流去。过去的几个礼拜里，他们都藏在岩石缝和泥洞里，连汤姆都没有见到过他们。除了夜里，偶尔的那么几次。但现在，他们都出来了，从他身边急匆匆地涌过，这气势，把汤姆都吓坏了。当他们从汤姆身旁涌过时，他听见他们说："我们得快跑，我们得快跑。这大雷雨真让人开心！下海去，下海去！”

这时，水獭带着她的孩子们从旁边快速游过，一路上缠绕在一起，像扫荡一样。他们的速度快得像鳗鱼一样。当她路过汤姆身边时，她窥探了他一眼，说道：“嘿，海蜥，如果你想看看这世界，是时候该走了。孩子们，快来，别管这些臭鳗鱼。明早我们就有鲑鱼早餐咯。下海去，下海去！”

此刻，天空划过一道最亮的闪电。虽然它只在空中停留了千分之一秒便消失了。但是汤姆借着这亮光，看到了三个美丽的、穿白色衣服的小姑娘。她们互相用手臂勾住脖子，顺着急流而下，一边唱着歌：“下海去，下海去！”

“啊，等等！等等我！”汤姆哭着，可是她们已经走了。不过他还能听见她们的声音，那清脆悦耳的声音划过轰轰的雷鸣，穿过溪水的吼叫和狂风的咆哮，清晰地传来：“下海去！”

“下海去？”汤姆说，“大家都下海去了，我也要去。再见了，鲑鱼兄弟。”可这时，鲑鱼正忙着吃虫子呢，根本顾不上回应汤姆。也好，汤姆就不用依依不舍地同他们道别了。

下海去吧。借着雷雨中明亮的闪电，顺着奔腾的溪流。

下海去吧。汤姆经过桦树条装饰的岩石。它们在电闪雷鸣的刹那间，明亮如同白昼，一会儿又黑暗如深夜。

下海去吧。当汤姆经过旋转着水涡的河岸下那些漆黑黑的洞穴时，巨大的鲑鱼从里面冲出来，把汤姆当成了美食，然后又气呼呼地游了回去。那是因为仙女们狠狠地责骂了他们，让他们回去的。谁叫他们敢打水孩子的主意呢。

下海去吧。汤姆经过狭窄的溪谷，遇上了急转直下的瀑布。有一会儿，汤姆被湍流打得什么也听不见、看不着了。

下海去吧。汤姆沿着深水河段继续前行，看见白色的水百合在狂风和冰雹的袭击下摇摆晃动。

下海去吧。汤姆路过熟睡的村庄，从黑乎乎的孔桥下穿过，朝着大海，驶向越来越远的地方。

下海去吧。汤姆不能停下，他也不去想它。他将要看见一个广阔的世界，见到鲑鱼，看到浪花，以及那无比、无比浩瀚的大海。

当曙光即将来临时，汤姆发现自己离开了小溪，躺在一条河上。

它有足足一百英尺宽，从宽阔的池塘流向宽阔的浅滩，再从宽阔的浅滩流回宽阔的池塘，流过满是砂石的大片田地。它从橡树和白杨树的绿荫下流过，经过低矮的砂岩峭壁，经过绿茵茵的草地，经过美丽的花园和一个灰色岩石造的大房子，经过地势很高的沼泽地，经过一座煤矿的烟囱，这些烟囱东一个西一个的，直指天空。

汤姆想都没想这条河到底是什么样子，他只想赶紧下去，去看看那浩瀚的大海。

过了一会儿，他来到了一个地方。那里的河流铺展开来，变成了宽阔安静的浅滩。它实在是太宽了，汤姆把脑袋探出水外看，都一眼望不到边。

他停了下来，心里稍微有些害怕。“这一定就是大海，”他想，“真是宽啊！如果我就这么下去，肯定会迷路的。不然，肯定有什么奇怪的东西来咬我。我还是在这停一下，等等水獭、鳗鱼或是什么别的动物，让他们来告诉我怎么走。”

于是，他往后退了一些，爬进了一个岩石缝，那里是河流变成宽阔浅滩的地方。他就在那里等着他们来指路。但是，水獭和鳗鱼早就在他前头过去了，已经到了河流几英里开外的地方。

他就在那儿等着，由于前一晚的旅程太辛苦了，他都睡着了。当他醒来时，河流的水位虽然还是很高，但河水变成了美丽的琥珀色，那么清澈。不一会儿，他看见了一幅景象，便激动地跳了起来，因为他立刻就明白了，那是他梦寐以求的一个东西。

这么大一条鱼！比最大的鲑鱼还要大上十倍呢，比汤姆要大一百倍。他逆流而上是如此轻而易举，就像汤姆顺流而下一样简单。

这么大一条鱼！他从头到尾都闪着银光，身上到处都是红斑点。一个大大的鹰钩鼻，一张大大的弯嘴唇和一双明亮的大眼睛，他就像国王一样骄傲地环顾四周，左看看右瞧瞧，好像周围的水域全都属于他一样。

汤姆害怕极了，很想找个洞钻进去。但是，他不需要那么做，因为鲑鱼可都是真正的绅士。像真正的绅士一样，他们看上去十分高贵骄傲。但是，也和真正的绅士一样，他们从来不会伤害别人或与他人争吵。他们只管自己的事情，从不和粗鲁的家伙计较。

鲑鱼仔细地看了看汤姆的脸，然后毫不在意地继续向前游去。他的尾巴啪啪地打了两下水，溪水又翻腾了起来。几分钟后，又来了一条鲑鱼，然后又是四五条，不断地有鲑鱼从汤姆眼前经过。他们猛冲着逆流而上，银色的尾巴有力地拍打着水面，时而跳出水面，越过岩石，霎时间，在明媚的阳光下闪烁着耀眼的光芒。

最后来了一条巨大的鲑鱼，他比所有的鲑鱼都大。但是他游得很慢，又停了下来，回过身子往后看，很是焦虑着急的样子。汤姆看见他在帮助另一条鲑鱼，那可是条特别漂亮的鲑鱼。她的身上没有一个斑点，从头到尾都是纯银色的。

“亲爱的，”这条大鲑鱼对他的同伴说，“你看上去真的累坏了，一开始的时候不要用尽全力。在这块岩石后面好好休息一下吧。”说完，他用鼻子把她轻轻地推到了汤姆坐着的岩石边。

你要知道，她就是这条鲑鱼的妻子。对于鲑鱼来说，他们和真正的绅士一样，总是挑上一条雌鲑鱼作为妻子，爱护她，对她忠诚，照顾她，为她工作，为她战斗，就像每一个真正的绅士应该做的那样。他们不像那些低俗的鲦鱼、斜齿鳊和狗鱼，那些鱼是不重感情、不关心妻子的。

然后他看见了汤姆，他非常凶狠地看了他一会儿，好像要咬上去一样。

“你在这里干什么？”他恶狠狠地问。

“啊，不要伤害我！”汤姆哭着，“我只不过是想看看你，你真是太英俊了。”

“哦？”鲑鱼很严肃，但又十分礼貌地说道，“实在是对不起，我知道你是谁了，亲爱的小东西。我曾经见到过一两个和你一样的动物，发现他们令人愉快，举止也十分得体。事实上，他们中有一个最近对我很友好，我希望能报答他。我希望我们没有妨碍到你，等这位女士休息好了，我们就会立刻出发的。”

他是一条多么有教养的老鲑鱼啊！

“所以，你之前见过我这样的动物？”汤姆问道。

“有过那么几次，亲爱的。事实上，昨天晚上就有一只在河口，他跑来提醒我和妻子，说河下新发现一些刺网，那是去年冬天布下的。他还用最彬彬有礼的方式，带着我们绕过了那些危险的地方。”

“所以，海里有水孩子？”汤姆两只小手拍了起来，哭着问，“那么就有人陪我在海里玩了？真开心！”

“这条河的上游没有水孩子吗？”鲑鱼妻子问。

“没有！我太孤单了。我想我昨晚见到了三个，但是她们正向大海游去，一晃眼就不见了。所以我也来了。除了水蛴螬、蜻蜓和鳟鱼，没有谁能陪我玩。”

“嗯哼！”鲑鱼妻子嚷嚷道，“那种朋友多低俗啊！”

“我亲爱的，如果说，他和那些低级动物一起玩耍过，那他肯定没学过他们的坏习惯。”她丈夫说。

"哦不,可怜的小可爱,和水蛴螬那样有着六条腿的动物生活在一起,是一件多么不幸的事啊!还有蜻蜓也是一样。别说其他的了,连吃我都不愿意吃他们。我曾经尝过,那肉又干又空,根本就没法吃。还有鳟鱼,谁都知道他们是什么东西。"说到这里,她噘起了嘴,摆出一副十分鄙视他们的神情。此时,她的丈夫也噘起了嘴,看上去骄傲得像阿尔西比亚德斯①。

"为什么你们连鳟鱼都不喜欢?"汤姆问。

"我亲爱的,如果能回避的话,我们甚至都不愿提起他们。我很抱歉地说他们是我们的亲戚,但他们对我们不守信用。许多年前,他们和我们很像,但是他们又懒惰、又胆小,还很贪婪。他们不愿意每年下海去看看那广阔的世界,不愿意去长得强壮结实一些,只是待在小河里闲逛,吃吃虫子和蛆虫。如今他们也得到了应有的惩罚。他们变丑了,身子变成了棕色,浑身都是斑点。他们的品位变得如此低下,竟然还会吃我们的孩子!"

"然后,他们现在又假惺惺地来跟我们套近乎,"鲑鱼妻子说道:"唉,我已经知道他们中的一个向鲑鱼女士求婚了,真是卑鄙无耻的家伙!"

"我真是希望,"这个老鲑鱼说道,"我们这种鱼中没有哪位小姐会降低身份,去听那些东西唠叨片刻。如果这样的事情被我撞见,我有义务当场抓住他们,让他们不得好死。"老鲑鱼说着这些话,那样子就像一位血统纯正的西班牙老绅士。而且,他说到做到。你要知道,没有哪种敌人之间的敌意会比同族之间产生的敌意还深。鲑鱼看待鳟鱼,就像同族中的大个儿看小个儿一样,因为他们太像自己了,才不能容忍。

---

① 阿尔西比亚德斯(公元前450年—公元前404年):雅典杰出的政治家、演说家和将军。

第四章

告别的时候，汤姆警告鲑鱼，要小心提防邪恶的老水獭。接着，鲑鱼向上游出发，而汤姆继续向下游方向游去，他沿着海岸慢慢地游，十分小心。

他游了很多天，可是离大海还有好多英里呢。也许，要不是仙女给他指路，他永远也找不着通往大海的路。只是，他看不见她们美丽的脸，感受不到她们温柔的手掌。

在游往大海的路上，他有过一次很奇怪的际遇。

那是九月的一个晴好、安静的夜晚，皎洁的月光照进水里。尽管汤姆已尽力闭紧双眼，但他还是无法入睡。最后，他爬上了一个岩石，坐在那顶上，抬头望着那大大的、黄澄澄的月亮。他心想，她是什么东西呀，她是不是也正看着自己呢。

他看着洒在水面上的粼粼月光，冷杉树的黑色枝桠和蒙着银霜的草地；他听见猫头鹰的叫声，沙锥鸟的哀鸣，狐狸的吠叫和水獭的笑声；他闻到桦树条的软软芳香，还有那从遥远的松鸡禁猎地飘来的阵阵石楠花香。

汤姆十分开心，尽管他说不清是为什么。当然，如果让你在九月的一个夜晚，坐在一块岩石顶上，湿漉漉的背上什么也没穿，你肯定会非常冷。但是汤姆是个水孩子，他和鱼类一样，并不觉得冷。

突然，他看见了一幅美丽画面。一束亮亮的红光沿着河边移动着，射入水中，像一条长长的火焰。汤姆可是个好奇心强的小淘气，他一定要去探个究竟。于是，他游到了海岸边，发现那道光落在了一块矮岩石边缘的浅水上方。

在那里，就在光束之下，躺着五六条大鲑鱼。他们都瞪着圆溜溜的眼睛，看着那束光，摇摆着尾巴，一副非常开心的样子。

汤姆浮出水面，想靠近一点看看那美丽的火光，结果却弄得水花四溅。他听见一个声音在说："那有一条鱼。"他不知道那句话是什么意思，但是好像听过他们的声音，还熟悉说话人的声音。

他看见岸上站着三个有两条腿的生物，其中的一个拿着那道光，忽闪忽闪的，发出噼噼啪啪的声响，而另一个人手里拿着个长竿。汤姆知道他们都是人类，于是感到害怕了。他钻进了一个岩洞，在里面看着外面发生的一切。

那个拿着火把的人向水面弯下身子，仔细地朝水里看，然后说道："小伙子，捉住那条大的，它十五磅都不止呢，快抓牢。"

汤姆觉得有什么危险的事要发生了。他很想警告那条愚蠢的鲑鱼，那条鲑鱼一直盯着那束光看，着了迷似的。但是，汤姆还没来得及拿定主意，那根竿子就戳入了水中，接着就是一阵可怕的水花和挣扎声。然后，汤姆看到那条可怜的鲑鱼被长竿戳穿，从水中给提了出来。

这时，从后头又跑来了三个人，他们扑向那三个人。接着是一阵吼叫、厮打和谩骂的声音。汤姆依稀记得，那些声音曾经在哪里听过。他不禁打了个寒颤，觉得他们十分讨厌。因为，他不知怎地，觉得他们是奇怪、丑陋、邪恶又可怕的东西。然后，他似乎想起了一切：他们是人，他们打斗着，野蛮又不顾一切地打斗着。这样的事汤姆以前都见过好多次了。

他捂住自己的耳朵，恨不得立刻游开。他很高兴自己是个水孩子，和那些可怕肮脏的人毫无关系，那些穿着脏衣服，嘴里都是脏话的人。

他很想离开，但是又不敢从岩洞里出来。这时，在看守者和狩猎者的践踏和打斗下，汤姆头顶上方的岩石开始摇晃起来。突然，在一阵巨大的溅水声、一道可怕的闪光、一声嘶嘶声响之后，一切都安静了下来。

在汤姆的旁边，那个拿着灯光的人掉入了水里。他沉入湍急的河水里，在急流中不断地翻滚。汤姆听见岸上的人沿着河边奔跑，像是在找落水的人。但是，他已经沉入了水下深深的洞里，一动不动地躺在那，他们找不到他。

过了许久，汤姆等一切都平静后才钻了出来，看见那个人躺在那里。最后，汤姆鼓起勇气，往下朝他游去。“也许，”他想，“他在水中睡着了，就像我当初一样。”

然后，他游得越近，就越加好奇，他也不知道这是为什么。他必须去看看他。当然，他会轻手轻脚地游过去。他绕着他游啊游，越靠越近，没有激起水花。终于，他离他很近了，看见了他的脸。

月光是如此明亮，所以汤姆可以看清楚他的脸。当他看清的时候，他一点点地想起来了，那是他的老师傅，格林姆斯啊！

汤姆转过身，尽可能快地从他身边游开。

“哦，天哪！”汤姆心想，“他要是也变成水孩子，那是一个多么令人讨厌的水孩子啊！他也许会发现我，再打我。”

所以他又往上游了一些，那个晚上他都躺在赤杨树的树根下面。但是，当第二天清晨到来时，他还是很想去那个大池塘里，看看格林姆斯是不是已经变成了一个水孩子。

所以，他小心翼翼地躲在岩石后，藏在树根下，偷偷地看着。

格林姆斯还躺在那里，一动不动。他没有变成水孩子。

下午的时候，汤姆又去看了一次。他要是不探个究竟格林姆斯到底变成什么样子，他是不会安心的。但是这一次，格林姆斯不见了。所以汤姆认定他一定变成了水孩子。

可怜的小家伙，其实他应该放轻松一些。格林姆斯先生没有变成水孩子，或是别的什么类似的东西。但是，汤姆还是很紧张，很长一段时间里，他都害怕自己突然在深潭里碰到格林姆斯。其实，他只是不知道，那是仙女们把他带走了，把他带去了安放落水者的地方，那才是他该去的地方。

但是，你知道吗，发生在格林姆斯身上的这件事，对汤姆产生了很大的影响，他再也不敢靠近鲑鱼了。而且，他还十分确信，对待偷猎者的唯一方式就是把他放在水下二十四个小时，像格林姆斯那样。

所以，当你长大后，你能不能表现得像所有诚实的人们一样呢。没有经过他人的同意，不碰别人的任何东西。如果你能做到这样，人们就会说你是个绅士，也会像绅士一样对待你。而不是把你打入河里，或是把你称为偷猎小人。

然后，汤姆接着往下游游去，因为他害怕待在靠近格林姆斯的地方。他离开的时候，整个溪谷看上去都很悲伤。红色和黄色的树叶都纷纷落下，漂在河面。苍蝇和甲虫都死了，被冲走了。寒冷的秋雾笼罩着山冈，有时它会厚厚地降在河面上，汤姆都看不清前方的路。但是，他可以摸索着前行。跟着溪水的流向，一天又一天，他穿过大桥，经过小船和驳船。他经过大的市镇，经过市镇的码头、磨坊和冒着烟的高高烟囱。他还经过下了锚、在水面上漂浮晃荡的船只。

汤姆还时不时地碰到轮船的船索。他很想知道那是什么。他把头伸出水面张望，看见水手们懒洋洋地躺在甲板上抽大烟。他又重新潜入水中，因为他很害怕会被他们抓走，再次变成扫烟囱的孩子。

可他并不知道，仙女们一直在他身边，遮住了水手们的眼睛，不让他们看见他，还帮助他避开磨坊的水槽、下水道口和所有一切肮脏危险的东西。

可怜的小家伙，这对他来说可是次郁闷的旅行。他不止一次想过回到文代尔，在夏日明媚的阳光下，和鲑鱼一块儿玩耍。但是，那是不可能的。事情一旦过去，就一去不复返。人们不会再回到小时候，就连水孩子也一样，人只能活一次。

另外，和汤姆一样，那些下定决心要去看看广阔世界的人们，一定会发现这是个疲惫的旅程。如果他们没有失去信心，没有半途放弃，而是勇敢前行，到达终点，那就是他们的幸运。汤姆正是如此，他一直都是个勇敢、坚定的英国小男孩，他从不知道什么是失败。

他继续游啊游，终于，透过雾气，他看见远处有一个红色浮标。然后，他非常惊讶地发现，溪水往回流了，朝陆地上涌来。

那是潮汐，没错。但是汤姆不知道潮汐是什么，他只知道，在一两分钟内，他身边的淡水就变成了咸水。接着，他身上发生了变化。

他感到自己变得强壮、轻松、精神，他的血管里好像流的是香槟酒。他也不知道这是怎么回事，竟然三次跳出水面有一码高，一个鱼跃，就像鲑鱼第一次触碰到那高贵富有的咸水一样。就像一些哲人告诉我们的那样，那海水，是所有生物的母亲。

潮水冲击着他，他现在才不在意。红色的浮标就在眼前，它在浩瀚的大海中舞蹈。他往浮标那儿游去。他经过大群的鲈鱼和梭鱼，他们跳跃着，在追逐虾群。但是他没有注意到他们，他们也没有注意到他。

有一次，他游经一条巨大的、浑身乌黑发亮的海豹。这头海豹是尾随着来吃梭鱼的。海豹把脑袋和手伸出水面，盯着汤姆看。

汤姆一点也不害怕，说道："你好吗，先生？大海真是个美丽的地方啊！"

那头老海豹没有去吃汤姆，而是用温柔、睡意蒙眬的眼睛，眨巴眨巴地望着汤姆说："祝你碰上好潮水，亲爱的小伙子。你是在找哥哥姐姐吗？我在外面碰见了他们，他们在那儿玩耍呢。"

"啊，那么，"汤姆说，"我终于有玩伴啦！"然后他游到浮标那儿，爬上去坐了下来，因为他累得上气不接下气。他四处张望着，找水孩子在哪儿。但是他一个也没看见。

清新的海风吹来，带着潮水，把雾气都吹散了。小浪花在浮标旁欢快地舞蹈，老浮标也跟着一块儿舞动了起来。

一片片云彩的影子也在明亮的蓝色海湾上追逐奔跑，但却追不上对方。

碎浪欢快地涌向宽敞的白色沙滩，跳过岩石，想看看里边的绿色田地到底长什么模样。它们摔了下来，摔成了碎片，但一点也不在乎，又向上冲去。

海鸥在汤姆的头顶上盘旋，他就像有着黑色脑袋的白体大蜻蜓。海鸥欢笑着，那声音就像姑娘们玩耍时发出的笑声。还有长着红嘴和红腿的海雀在海岸间飞来飞去，他们的鸣叫声悦耳又神秘。

汤姆看着这一切，听着这一切。如果他能看见水孩子，那他会非常开心。接着，潮水退去了，他从浮标上下来。他到处游着找水孩子，可都是徒劳。

有时，他觉得自己听到了他们的笑声，但那只是波浪的笑声。有时，他觉得自己在水底看见了他们，但那只是白色和粉色的贝壳。

有一次,他确信自己看见了一个水孩子,因为他看见两只明亮的眼睛从沙中向外张望。所以,他一个俯冲下去,开始刨沙子,哭着说:“别躲了,我真的很希望能有人陪我玩啊!”

这时,一条大比目鱼从里面蹦了出来,他的眼睛很丑,嘴巴很歪,然后沿着河底溜走了。这个场面真是把汤姆惊呆了。于是,汤姆坐在海底哭了,流着咸咸的眼泪,失望透顶了。

这一路遇到了这么多困难,可汤姆还是没有找到水孩子啊!真难!这看起来的确很难。但是,人们不会轻易得到他们想要的东西,水孩子也是一样。我的小家伙,终有一天你会明白这个道理的。

汤姆就这样坐在浮标上,几天过去了,几星期过去了。他望着大海远处,想着水孩子何时才能回来,但是他们不会来的。

他开始询问一切从大海外面归来的奇怪动物,问他们是否看见过水孩子。有些说看见过,有些说压根就没见过什么水孩子。

他向鲈鱼和鳕鱼打听水孩子,但是他们贪婪地追着虾米,根本顾不上回答他一个字。

然后,一大群紫色的海蜗牛来了,他们一个接一个地漂过来,每个都躺在满是泡沫的海绵上,汤姆问道:“你们从哪来呀?真是群漂亮的小家伙。你们看见过水孩子吗?”

海蜗牛回答:“我们不知道自己从哪来,也不知道上哪去,谁知道啊?我们一辈子都在海中漂,暖暖的阳光照在我们头上,暖暖的溪流在下面流着,这对我们来说就够了。对了,也许我们见过水孩子。这一路上,我们看到了很多奇怪的东西。”说完,这些快活而愚笨的东西就漂走了,全都上了岸,来到沙滩上。

然后,来了一条巨大的、懒洋洋的翻车鱼,他肥得就像一头切成两半的肥猪,然后被硬塞进了衣橱一样。与他庞大的身子和鳍相比,他的嘴小得像兔子嘴一样,也不会比汤姆的大。当汤姆向他打听时，他用尖尖的、微弱的声音回答道："那我哪里知道啊。我还迷路了。本来我想去切萨皮克[①]的，不知怎么回事，我可能走错了路。哎呀！就是因为跟着这让人开心的暖流，我肯定迷路了。"

汤姆又问了他一次，他只是回答说："我迷路了，别和我说话，我要想想。"

但是，和许多人一样，他想得越多，就越没法思考。汤姆看他整天跌跌撞撞的。直到有一天，海岸警卫队队员看见了他巨大的鳍露出水面，便划船过来，用船钩插进了他的身体，把他弄走了。他们把他带到了小镇上进行展览，看的人每人付一便士，这生意还不错，从早到晚都有人去。当然，这些汤姆都不知道。

接着来了一大群海豚，他们翻滚着过来。爸爸、妈妈，还有孩子，他们身上都十分光滑，闪闪发光。因为，仙女们每天早上都会为他们抛光上漆。他们从汤姆身边经过时，会发出十分轻柔的叹息声。汤姆鼓起勇气跟他们说话，但是他们的回答都是："嘘，别做声。嘘，别做声。"因为他们会说的只有这个。

然后又来了一群姥鲨[②]，有一些像船一样长。汤姆一看到他们，就害怕起来。但他们都是十分慵懒、和蔼的家伙，不是贪婪的恶霸。像白鲨、蓝鲨、地鲨和锤头鲨，他们都是食人鲨。还有锯鳐、长尾鲨和冰鲨，他们都会杀害可怜的老鲨鱼。

那些鲨鱼游过来了，在浮标上摩擦着他们巨大的身体，背鳍露出了水面，躺在太阳底下享受日光浴。他们向汤姆使眼色，但是汤姆没办法让他们开口说话。他们吃了太多的鲱鱼，变得笨极了。

一条运煤的帆船驶来，把他们都吓跑了，这让汤姆很开心。因为，他们闻上去实在是太臭了，他们在身边的时候，汤姆不得不紧

---

① 切萨皮克：美国维吉尼亚州东南部汉普顿锚地的一个独立城市。
② 姥鲨：已知最大的鲨鱼之一，仅次于鲸鲨。

紧地捂住鼻子。

接着又来了一只漂亮的动物，他有着尖尖的脑袋和长长的牙齿，身子像一条纯银色的丝带。但是他看上去很虚弱，很悲伤。有时，他无助地侧着身子，然后像一条白色的火焰一样闪闪发光，向前冲去。然后，他又病怏怏地躺着，一动不动。

"你从哪来的?"汤姆问他。"你怎么病得这么厉害? 看上去这么难过?"

"我来自温暖的卡罗莱纳州，那里的沙滩旁都是松树。鳐鱼[①]拍打着潮水，就像巨大的蝙蝠一样。但是，我遇上了狡猾的暖流，就一直往北漂啊漂，最后碰到了寒冷的冰山，它们漂浮在大洋中央。所以，我被困在了冰山中间，它们的寒气把我弄得瑟瑟发抖。但是，水孩子把我从里面救了出来，又重新放我上路。我现在每天都在恢复体力，但还是很虚弱、很难过。也许，我再也回不了家了，再也不能和鳐鱼一起玩了。"

"哦!"汤姆哭起来了，"你说你看见过水孩子? 你在附近看到过吗?"

"是啊，他们昨晚还帮了我，不然，我已经被巨大的黑海豚吃掉了!"

真是伤脑筋! 水孩子就在汤姆身旁，可他就是发现不了。

然后，他离开了浮标。他常常沿着沙滩，围着岩石寻找着。晚上，他会从海水里出来，坐在岩石尖上，周围都是闪闪发光的海草。他对着十月的落潮，哀叫着，呼唤着水孩子。这个样子的汤姆，就像是阿诺德先生诗歌中那个被抛弃的男性人鱼。尽管呼唤着，他却从没得到过任何回应。最后，因为苦恼和哭泣，他变得十分消瘦。

---

① 鳐鱼：又称魔鬼鱼。鳐形目的鱼类，广泛分布于热带和温带各近岸海区。

有一天，他在岩石中间发现了一个玩伴。这个玩伴并不是水孩子，唉！他是一只龙虾，是一只非常出色的龙虾。因为他的手上有活藤壶[1]，这可是区别他和其他龙虾的重要标志。这个和好心肠或维多利亚十字勋章[2]一样，是不能用金钱买到的。

汤姆以前从没见过龙虾，他被这一只强烈地吸引住了。因为他认为这是他见过的最奇怪、最有趣、最滑稽的动物。他想的一点没错。因为世界上所有有才华的人，所有懂科学的人，所有富有想象力的人，再加上所有画鬼怪的德国老画家，即使把他们所有人的聪明才智都加在一块，也创造不出像龙虾这么奇怪滑稽的小动物。

他的一只钳子上有瘤节，另一只钳子上有锯齿。汤姆很喜欢看他吃东西的样子：他用有瘤节的钳子紧紧地夹住水草，另一只有锯齿的钳子割着色拉，然后像猴子那样闻一闻食物的味道后，再把它们都放进嘴里。他吃东西的时候，那些小藤壶总是会把网撒出去，在水里面捞一下，他们也想分享一些东西当做午饭，什么都可以。

但是，最让汤姆感到惊奇的是看龙虾把自己发射出去：啪！就像你用鹅胸骨做的跳蛙一样。当然，他那一跳是最美妙的，弹回来也是一样。如果他想要钻进十码开外的狭窄岩缝，你猜他会怎么做？

如果他把头朝前，那进去后当然就没法转身了。所以他就把尾巴朝前，把长长的触须放好。他的第六感就在那两根触须上，虽然没有人说得清楚第六感是什么。接着他把自己的背直直地竖起来，作为向导。把两只眼睛向后头扭转，直到它们都快要弹出眼窝为止。然后，各就各位，预备，开火，啪！他被弹进了洞里。他向洞

---

① 藤壶：附在海边岩石上的一簇簇灰白色、有石灰质外壳的小动物。它们的形状有点像马的牙齿。

② 维多利亚十字勋章：英国维多利亚女王颁发的铜质勋章，授予有杰出功勋的英国军人。

外窥视，捋着自己的胡须，就好像在说着："看，你可做不到吧。"

汤姆向他打听水孩子的事。"是的。"他说。他常常看见水孩子，但是他并不喜欢他们。他们是爱管闲事的小家伙，喜欢到处去帮助那些遇到麻烦的鱼和贝。好吧，对龙虾来说，他觉得被那些背上甚至连壳都没有的小软体动物帮助，可是件羞耻的事情。他在这世界上生活了这么久，一直是自己照顾自己的。

这个老龙虾是个自负的家伙，对汤姆也不是很友好。在他被别人扔进锅里煮熟前，你会听见他是怎样改变想法的，自负的人通常都是那样。但是，他又是如此好玩，而汤姆却很孤单，所以汤姆不能和他吵架。他们常常坐在岩洞里，一聊就是几个小时。

这一次，汤姆遇上了一次十分奇怪又重大的经历。这一次奇遇差点让汤姆再也找不到水孩子了。我想，如果是那样的话，你肯定会很难过的。

我希望这会儿你还没有忘记那个洁白的小姑娘，因为现在她要出现了。她看上去就是个洁白干净的小可爱，她过去一直如此，以后也是那样。

这件事发生在十二月那些令人愉快的日子里。那时的风总是从西南角刮来。圣诞老爷爷来了，并带来了白色的大台布，让小孩儿们为鸟儿带去圣诞晚宴——面包屑。

那是在十二月那些令人愉快的日子里。约翰伯爵忙着打猎，家里谁也和他说不上一句话。他每周有四天在打猎，收获非常多。另外两天他会去法庭当法官，参加监护人董事会，他做的审判都是公正的。

这件事发生在约翰伯爵身上。他整天打猎，下午五点吃饭，吃完饭就倒在床上呼呼大睡。他的鼾声响得吓人，哈索沃的所有窗户都被震得直晃，烟囱里的煤灰都被震了下来。

因为不能和约翰伯爵说上一句话，就像没法让死去的夜莺唱歌一样，夫人决定离开。让伯爵和医生还有代理商史温格上尉打斯去吧，让他们每天心满意足地、齐声一致地打个够吧。

所以，她就带着所有的孩子去了海边。但是她去了海边什么地方，是不能告诉任何人的。因为，恐怕年轻的女士会开始幻想那里有水孩子，去捉他们，然后把他们放在鱼缸里。就像庞贝古城[①]的女士们一样，她们常常把丘比特关进笼子里，你可能在一些画中看到过。但是，没有人听说过她们饿着丘比特，或是让他们死于恶臭或是照顾不周。所以，谁也不能知道夫人去哪了。其实，要让水孩子死就跟要拿鸣禽的蛋一样难。尽管这世界上有成千上万个水孩子，或是说数百万个更准确，但是他们没有一个是多余的。

现在这件事发生了，就在这个海岸，就在这块岩石上，就在汤姆和他的龙虾朋友坐着的地方。

一天，那个洁白的小姑娘埃莉在上面走着。和她一起的还有一位很聪明的人，他就是普特姆斯伯特教授。他的母亲是荷兰人，虽然如此，他可是个彻头彻尾的英国人。他的名字，可是一个非常古老又高贵的波兰名字。

他是一个值得受尊敬的、好脾气的小个子老绅士，而且他非常喜欢孩子。只要这个世界对他友好，他就会善待整个世界。他只有一个毛病，就像雄性知更鸟一样。如果你透过苗圃的窗户，看见谁发现了一只奇怪的虫子，教授肯定会缠住他不放，找他的茬儿，并宣称那是他先发现的，否则，他就会说那不是什么虫子。

他在斯卡伯勒[②]或是弗利特伍德[③]还是什么其他地方见过约翰伯爵。如果你不在乎是什么地方，别人也不会在乎的。他与伯

---

① 庞贝古城：亚平宁半岛西南角的一座历史悠久的古城。公元 79 年毁于维苏威火山大爆发。

② 斯卡伯勒：英格兰一自治市。

③ 弗利特伍德：英格兰北部港口，为一半岛，只有两条道路出入，邻近黑池。

爵熟络，特别喜欢他的孩子。

约翰伯爵并不知道什么海鸟之类的，也漠不关心，只要鱼贩子送鱼给他当晚餐就好。夫人也不知道这些，但是她认为孩子们应该知道一些。因为在过去那些愚昧的时代，你要知道，孩子们要学会一样东西，并且精通它。可现在，在这个文明的新时代，人们让孩子们什么都学一些，但是什么都不精通。这样就快乐、容易多了。

所以，埃莉和教授在岩石上散步，那儿有成千上万种美丽、奇特的事物，他都一一指给埃莉看。但是，小埃莉对他们一点也不满意。她更喜欢和有生命的孩子一块儿玩，哪怕和洋娃娃玩也行，因为那也可以假装是活的。

最后，她诚实地说道："我对这些东西都不感兴趣，因为他们不能和我玩，不能和我说话。水里常常有小孩，如果现在水里有的话，我会喜欢他们的。"

"水里有小孩？你这个奇怪的小家伙。"教授说。

"是的，"埃莉回答道，"我知道水里常常有小孩，还有美人鱼，男人鱼。我在家里的画中看见过他们。一个美丽的女子坐在海豚拉的车子上，孩子们在她身旁飞来飞去，有一个就坐在她的膝盖上。美人鱼在游泳和玩耍，男人鱼在吹贝壳做的号角。那幅画的名字叫'嘉拉提亚的凯旋①'。画的背景是一座燃烧着的山脉。它就挂在大楼梯间，我从小就看着它，梦里见过它一百次了。它真是太美了，那一定是真的。"

就因为人们认为很美，那就一定是真的。教授可丝毫不这么想。他确实看得更远，他认为，除非他看得见、听得着、尝得了或摸得到，不然没有人可以逼迫他相信任何东西是真的。

---

① 嘉拉提亚的凯旋：大画家拉斐尔的名画，现保存于意大利罗马法列及那宫。

所以，教授用简明的语言向埃莉解释了这些东西是不可能真实存在的。我想当时埃莉一定是个笨姑娘，因为她不但没有被说服，还不停地问着："但是，为什么没有水孩子呢？"

我想，并且希望是因为教授当时正好被一个锋利的河蚌绊了一下，脚上的鸡眼被戳得很疼，他才很尖锐地回答："就是因为没有！"此时，他忘了自己是一个懂科学的人，他应该要去求知那些未知的东西。他忘了自己是一个逻辑学家，他应该知道他不能证明这个难题。

说着，他很用力地用捞网在水草底下捞了一下，可没想到的是，他把可怜的小汤姆捞了上来。

他觉得网很沉，便迅速把他提了上来。汤姆在里面，被网眼卡住了。

"哎呀！"教授叫道，"这么大的粉色海参啊！它还有手！它一定和白海参是亲戚。"他一边把汤姆取出来。

"那真的是眼睛啊！"他嚷道，"为什么，它一定是乌贼！这真是太不可思议了！"

"不，我不是！"汤姆哭着，用他最大的嗓门说，因为他不想被人们用坏名字来称呼。

"那是水孩子！"埃莉嚷嚷道。没错，她说对了。

"水胡扯还差不多！亲爱的。"教授说完，猛地扭过身去。

毫无疑问，那就是水孩子。他刚才还说过没有水孩子，他会怎么办呢？

他当然想要把汤姆装在桶子里提回家去。他不会把他放在酒精里，当然不会。他会让他活着，宠爱着他，因为他是个十分善良的老绅士。他会为他写一本书，给他取两个长长的名字。其中一个会提到一点汤姆，另一个则全是他自己。他当然会给汤姆取一个叫海德鲁泰克诺恩·普特姆斯普厄次，或是其他差不多长的名字。因为别人用光了所有的短名字，现在不得不用长名字了。

但是，那样的话，所有博学的人都会对他说什么呢？埃莉又会怎么说呢，他刚才还对她说没有水孩子呢？

现在，如果教授对埃莉说："是的，亲爱的，那是水孩子，他是很奇妙的东西。他使我明白了，对于这奇妙的大自然，虽然我已经历了四十年的磨练，但我还是了解得太少。我刚才还告诉你没有这样的东西，瞧！这里就有一个，这下我明白了，大自然可以创造和已经创造出的东西，都是人类那可怜的想象力远不能及的。"我想，假如教授能这么说，小埃莉会比以往任何时候都更加信任他、更加尊敬他、更加爱戴他。

但是，教授有别的想法，他犹豫了一会儿。他既希望可以留住汤姆，又希望他从没有抓住他。一番激烈的思想斗争过后，他终于决定放走汤姆，摆脱他。所以，他转过身去，用手指拨弄着汤姆，希望能够想出一个好办法来。

他漫不经心地说："我亲爱的小姑娘，你一定是昨晚梦见了水孩子，满脑子都是他们。"

现在，汤姆害怕死了，这期间他连话都不敢说。虽然他被叫作海参和乌贼，但他还是尽可能地保持沉默。因为，他的小脑袋里想当然地认为，如果他被穿着衣服的人抓住了，他们也会给他穿上衣服，再一次让他变成又黑又脏的扫烟囱的小孩。

但是，当教授拨弄他的时候，他已经不能忍受了。他又害怕又愤怒，就像被逼到墙角里的老鼠一样勇敢，他咬着教授的手指头，还把它咬出了血。

"哦！啊！呀！"教授叫道。这正好是个摆脱汤姆的好借口，他一个顺手把他扔到了水草上，汤姆从那里立刻窜入了水中，消失得无影无踪了。

"但那是水孩子啊，我听见他说话了！"埃莉嚷道，"啊！他跑走了！”她从岩石上跳下来，想在他跳入海水前抓住他。

太晚了！更糟糕的是，她跳下来的时候滑倒了，从六尺高的岩石上摔下来，头撞上了锋利的岩石角，躺在那儿一动不动。

教授把她拉起来，想把她弄醒，叫着她的名字，哭着喊叫着，因为他很爱埃莉。但是，她还是醒不过来。于是，他用手臂把她抱起，带她去了女教师家里。

他把小埃莉放在床上，她就那样一动不动地躺着，只是时不时地醒来，叫着水孩子。但是，没有人知道她说的是什么，只有教授知道，但他却不说，因为他没有脸面说。

一星期过去了，在一个月色朦胧的夜晚，仙女们从窗子那飞了进来，给她带来了一副十分漂亮的翅膀。它们是如此美丽，埃莉情不自禁地把它们戴在身上。她和仙女们一起飞出窗外，飞过大地，越过海洋，直穿云霄。然后，很长一段时间里，没有人听说过或看到过任何关于她的事情。

没有人看见过水孩子，原因就在这儿了。对于我来说，我相信博物学家出海打捞的时候，捕到过一打水孩子。但是，他们一点也不透露风声，又把他们放回水中了，因为他们怕推翻了自己的理论。

但是你看，教授被揭穿了，每个人在适当的时候都会被揭穿。一个非常严厉的老仙女揭穿了教授。她清楚教授会做什么，清楚得像她在一本印刷出版的书上看到了一样。他事先就被发现了，每个人都一样会被发现的。有一天，老仙女还会揭穿那些博物学家，让他们登上《泰晤士报》①，看看到底谁应该被笑话？

于是，老仙女非常严厉地就地处置了他。但是她说，她总是对

①《泰晤士报》：英国一份全国发行的综合性日报，是一张对全国政治、经济、文化发挥着巨大影响的报纸。

最好的人最严厉，因为治好他们的机会最大，因此，他们也是对她回报最多的病人。她想要和中国皇帝的御医一样，拿到一样的报酬：什么样的医生，拿什么样的报酬。但可惜的是，她得不到那样的报酬。

所以，她就是这么处置了那个可怜的老教授：由于他不实事求是，所以她就往他的脑袋里塞一些不实事求是的东西，看看他是否更喜欢那些。

因为他看见了水孩子，却不选择相信，老仙女就让他去做比相信水孩子更糟的事情：去相信独角兽、喷火龙、龙头狮身蝎尾兽、蛇怪、双头蛇、鹰头狮、凤凰、大鹏鸟、海怪、狗头人、三头人狗和其他古怪的动物。

人都不认为他们是存在的，也不希望他们会出现。虽然关于他们，人们一点也不了解，也不想去了解。

这些动物是那么让人不安，那么让人害怕，那么让人惊慌，那么让人悲伤，那么让人震惊，那么让人恐惧，弄得可怜的教授目瞪口呆。医生说，他后来精神错乱了三个月。也许医生们说对了，他们常常是对的。

第五章

汤姆怎么样了呢?

我之前提过,他从岩石上滑下来,潜入了水中。但是他忍不住想着小埃莉。他不记得她是谁了,但是他知道那是个小姑娘,虽然她比汤姆大上一百倍。

那并没有什么惊奇的:尺寸大小和种族没有什么关系。一棵小野草还有可能是大树的堂兄弟呢。像微克那么丁点的小狗,也知道母狮虽然比自己大上二十倍,但她也是一条狗呢。所以,汤姆知道埃莉是个小姑娘,并且整天都想着她,渴望可以和她一起玩耍,但他很快就得考虑一些别的事情了。

接下来就是关于汤姆的一篇报道,它是第二天早上刊登在《水证报》上的。这份报纸是用最好的水彩纸印刷的,一个名叫"惩恶仙女"的大仙女每天早上都会仔细地阅读里边的新闻,尤其是那些警察破案的故事,接下来你就会听说的。

汤姆沿着岩石,在三英寻①的水中走着。他看着鳕鱼抓大虾,看着岩石上啃食的藤壶、贝壳和其他的动物。

---

① 英寻:海洋测量中的深度单位。1 英寻等于 1.8288 米。

这时，他看见了一个绿柳枝做的圆形笼子，里面坐着他的龙虾朋友，他看上去很害臊。这回，他捋着自己的触须，而不是摆弄着钳子。

"怎么回事！是你太淘气了，还是他们把你给关了起来?"汤姆问。

这时，龙虾感到有点愤怒了，但是他太难过了，就懒得去争辩什么，只是说："我出不来了。"

"那你怎么进去的?"

"为了那块讨厌的死鱼肉。"他在笼子外面的时候觉得它看上很诱人，闻上去很香。对于一个龙虾来说，那也确实如此。只不过他现在反过来骂它，因为他生自己的气了。

"你从哪进去的?"

"从顶上那个圆洞。"

"那你为什么出不来了?"

"我就是出不来了。"龙虾一边说，一边更加用力地捋自己的触须，但他不得不承认这个事实。

"我向上跳，向下跳，向后跳，向左跳，向右跳，至少跳了四千次了，可就是出不去。我总是被上面挡住，找不到出去的洞口。"

汤姆可比龙虾聪明得多，他看了看这个笼子，一下子就知道这到底是怎么回事。如果你看看这个龙虾笼子，你也会知道的。

"别跳了，"汤姆说道，"把你的尾巴翘起来，转过来对着我。我把你从正中间拽出来，这样你就不会被尖桩戳到了。"

但是龙虾太蠢太笨了，他对不准那个洞口。就像很多狐狸猎手一样，他在自己的地盘里精明极了，只要他们一出去，准晕头转向。龙虾也是一样，对他来说，是"晕尾转向"了。

汤姆爬上了笼子，从洞口向下爬，终于抓住了龙虾。然后，和想象中的一样，那只笨龙虾果然把汤姆也倒拽进洞里了。

“嘿！这下可麻烦了，”汤姆说道，“用你的大钳子吧，把这些尖桩弄掉，这样我们都好出来。”

“天哪，我怎么就没想到呢，”龙虾说，“我可是有多么丰富的生活经验啊！”

你看，经验是没有多大用处的，除非人和龙虾有足够的智慧去使用它。对于很多人来说，像老波洛尼厄斯①，世界上的什么事情没有见过，但最终还是不比小孩强多少。

尖桩还没有弄掉一半，他们就看见了一大团“乌云”过来：瞧，那是水獭！

当水獭看见汤姆时，她狰狞地笑了起来。“呀！你这个爱管闲事的可怜虫，我可算找到你啦！向鲑鱼透露我的行踪，你不会有好下场的！”说着，她爬上笼子，想钻进去。

汤姆害怕极了，当她发现顶上的圆洞，龇牙咧嘴地朝洞口往下看，想要挤进来的时候，汤姆可是吓坏了。

但是，她刚把头探进来，英勇的龙虾先生就用钳子夹住她的鼻子，死不放手。

接着，笼子里成了他们三个混战的场所，他们滚来滚去，里面都快挤不下了。龙虾撕扯着水獭，水獭撕扯着龙虾，他们把可怜的汤姆挤得快透不过气了。最后，要不是汤姆爬上了水獭的背，安全地逃出洞口，还真不知道他会怎么样呢。

当他出来后，他真是开心极了。但是，他是不会抛弃救过他的朋友的。当他看见龙虾的尾巴朝上竖起时，他便立即抓住，用尽自己所有力气把他拉了出来。

但是龙虾不愿松开钳子。

---

① 波洛尼厄斯：莎士比亚的悲剧《哈姆雷特》中的人物，哈姆雷特的恋人奥菲丽亚的父亲，一个饶舌自负的老廷臣。

“一起走吧，”汤姆说，“你没看见她已经死了吗？”她确实死了，完全淹死了。这就是邪恶的水獭的最后下场。

但是龙虾还是不肯放手。

“走吧，你这个愚蠢的老顽固，”汤姆叫道，“否则渔夫要来把你抓走了！”那是真的，汤姆觉得上面有人在拉笼子了。

但是龙虾还是不肯放手。汤姆看见渔夫把他拉到了船边，心想，他肯定死定了。但是，当龙虾看见渔夫，他就猛地一拉，这动作太剧烈了，他拉断了自己的钳子，逃出了笼子，安全地回到了大海里。只不过，他那个有瘤节的钳子永远地留在那儿了。他的笨脑袋从来没有想过松手，所以他就干脆把钳子甩掉，这个方法更简单。

汤姆问龙虾为什么没有想过放手。他毅然决然地回答说那是龙虾为了维护脸面必须做的事。看来确实如此。

现在，汤姆身上发生了一件最最奇妙的事情。他离开龙虾还不到五分钟，就遇上了一个水孩子。

那是一个真真切切的、活生生的水孩子。他坐在白色的沙滩上，正忙着摆弄一个小石尖。当他看见汤姆时，他抬头看了他好一会儿，然后叫道：“哎呀！你不是我们中的人。你是一个新孩子！哦，多让人高兴啊！”

说完，他就跑向汤姆，汤姆也向他跑去，他们紧紧地抱在一起，亲吻了很长时间，他们也不知道这是为什么。但是，在水下，他们是不需要互相介绍的。

最后汤姆说：“哦，这阵子你们一直都在哪？我找了你们好久了，我好孤单啊。”

“我们天天都在这里啊。岩石附近有几百个水孩子。你怎么会没有看见我们呢，我们每天晚上回家前都会唱歌、嬉戏和玩耍，你没有听见吗？”

汤姆又看了一眼这个孩子，然后说道："真是太好了！我一次又一次地看见和你们很像的东西，但我以为那是贝壳，或是海生物。我从来没有把你们看作是和我一样的水孩子。"

这是不是很奇怪？确实很奇怪，你肯定想知道这是怎么回事。为什么汤姆把龙虾从笼子里救出来以后，才能看见水孩子呢？如果你把这个故事读九遍，然后仔细想一想，就会知道答案了。把所有事情都告诉孩子并没有什么好处，那样，他们就不会自己去动脑筋思考了。那么，他们学到的东西就不会比在达尔西默博士①那儿学到的更多。

"现在，"水孩子说，"过来帮我吧，到了要回家的时候了。不然，在哥哥姐姐回来前我是做不完的。"

"要我帮你什么呢？"

"修这块可怜的小石头，在上次的暴风雨中，一块巨大而笨重的岩石掉落了下来，把它的脑袋砸掉了，上面的花朵也被磨去了。现在，我必须要在上面重新种上海藻、珊瑚和海葵，我要把它弄成整个海岸边最美丽的小石头花园。"

于是，他们开始在这块岩石上捣鼓起来，在上边种花，把石头周身的沙子擦掉，他们开心极了。

潮水开始落下来了，汤姆听见其他所有的水孩子来了，他们嬉戏歌唱着、追逐喊叫着。所以，汤姆知道，一直以来他都听到和看到过水孩子，只是他不认识他们，因为他的眼睛和耳朵都没有打开。

他们就这样来了，好多好多的水孩子。有些比汤姆大，有些比汤姆小，他们都穿着干净洁白的小浴衣。当他们发现汤姆是个新孩子时，他们拥抱他，亲吻他，然后把他围在中间，在他身边舞蹈。

---

① 达尔西默博士：他为整日无所事事的年轻贵族们建立了一个著名的郊区学校。

此时此刻，没有比小汤姆更幸福的人了。

“喂，”他们同时嚷道，“我们必须要赶路回家，我们必须要赶路回家，不然潮水会落下去，把我们弄干的。我们已经修好了所有损坏的海草，把池子里所有的岩石摆放得整整齐齐，把所有的海贝重新栽进沙地里，谁都看不出上周暴风雨横扫过后的痕迹。”

池子里的岩石总是这么干净整齐，这就是原因。因为在暴风雨过后，水孩子们会来到岸边清理打扫，梳理它们，把它们重新摆放好。

只有在人类浪费并将污水排入大海，而不是把废弃物堆在田野来合理节约能源的时候；只有在人们把鱼头、死狗肉或是其他垃圾倒入水里，把干净的海岸弄得一团糟的时候，水孩子才不会来。有时候几百年也不会来，因为他们忍受不了任何难闻或污秽的东西。他们就让海葵和螃蟹去清理掉这些东西。等到大海重新变得干净，等到柔软干净的泥沙覆盖了所有肮脏的东西，水孩子就来了。他们种上活的乌蛤、海螺、竹蛏、海参和金栉，在人类制造的垃圾被清理之后，重建一个美丽生动的花园。我想，为什么我在有水的地方从没见到过水孩子，原因就在这里吧。

那么水孩子的家在哪儿呢？在圣布伦丹[①]的仙女岛上。

你有没有听说过神圣的圣布伦丹？他是怎样和另外五个隐士在荒蛮的开利海岸[②]，对着野蛮的爱尔兰人布道[③]，然后筋疲力尽、渴望休息的？因为，野蛮的爱尔兰人不听从他们，也不知忏悔。他们更喜欢酿威士忌酒，跳着舞，用橡木棍敲对方的脑袋。他们躲在草堤后射击对方，偷别人的家畜，烧别人的房子。圣布伦丹和他的

---

① 圣布伦丹：爱尔兰早期的一位圣徒，是大西洋探险故事的英雄。在8世纪的《布伦丹游记》中记载了他航海冒险的故事。许多探险家至今仍在寻找圣布伦丹岛。

② 开利海岸：爱尔兰西海岸。

③ 布道：指宣传基督教的教义。

朋友们都烦透了他们，因为他们一点也不想试着成为一名爱好和平的基督教徒。

所以圣布伦丹出游到了老邓摩尔山的尖岬上，看到海水围绕着布拉斯开兹群岛[①]咆哮着，从世界的尽头流向大洋。

他叹息道："啊！要是我像鸽子一样有翅膀该多好啊。"然后，他看见在很远的地方，在太阳沉入大海处前面一点的地方，有一片蓝色的仙女海和一群金色的仙女岛。他说："那些岛是神圣的岛。"然后，他和朋友们就坐上了一条渔船，向西边划去。此后，就再也没有听到过他们的消息了。而那些没有听从他劝告的人都变成了大猩猩，直到今天都是如此。

当圣布伦丹和隐士们来到仙女岛后，他们发现那儿到处都长着香柏，到处都是美丽的鸟儿。他坐在香柏树下，对着天空中的鸟儿布道。

鸟儿们很喜欢他的布道辞，就告诉了海里的鱼儿。鱼儿们也来了，圣布伦丹就对他们布道。鱼儿们告诉了住在岛下岩洞里的水孩子，每周日，就有好儿百个水孩子过来听他布道。

之后，圣布伦丹建了一座十分干净整洁的学校。在那里，他教水孩子功课，教了好儿百年。最后，他的眼睛都花了，看不见东西。他的胡子太长了，不敢走路，怕踩到它摔跟头。

终于，他和五位隐士躺在香柏的树荫下，很快就睡去了。他们一直睡着，直到今天。于是，仙女们就自己带水孩子，教他们功课。

在那些宁静清爽的夏日夜晚，当太阳沉入金色云彩环绕的海岬和海岛之间，沉入碧空的尽头时，海员们常常产生幻觉，觉得自己看见了圣布伦丹的仙女岛，它就在遥远的西方。

但是，不管人们有没有看见过，圣布伦丹岛曾经确实出现在那

---

① 布拉斯开兹群岛：在开利海岸的西侧。

里。那是海洋中的一个巨大岛屿，它已经慢慢沉入了海中。

老柏拉图[①]把那个地方叫做亚特兰蒂斯[②]。他说岛上的人都很聪明，他还讲了许多关于他们的奇怪故事，还有他们在远古时代所进行的战争。

从那个岛上传出了许多奇花异草，它们现在还在我们这块土地上生长呢。有康沃尔郡石楠、康沃尔郡铜钱珍珠菜、纤细的掌叶铁线蕨，开利的群山上满是耐阴虎耳草、德文郡的粉红色捕虫堇、爱尔兰的蓝色捕虫堇，还有许许多多的奇怪植物。所有的花草都是仙女们从圣布伦丹岛带过来，给那些聪明人和好孩子的。

现在，当汤姆来到岛上的时候，他发现整个岛屿都架在了柱子上，岛的底部都是洞穴。柱子都是由黑色的玄武岩制成，像斯塔法岛[③]一样。那些柱子有绿色的、深红色的，还有的装饰着一圈圈红色的、白色的和黄色的砂岩。那些洞穴有蓝色的、有白色的，全都披着海草，门口挂着海草帘子，有紫色的、深红色的、绿色的和褐色的。地上铺着柔软的白色细沙，水孩子们每晚都躺在上面睡觉。

为了让这个地方干净舒适，许多螃蟹会像猴子一样，在地上捡起碎渣，并把它们吃掉。岩石块上爬满了成千上万只海葵、珊瑚和石蚕，他们整天都会清洗海水，让它变得漂亮、纯净。

但是，他们可不会像清洁工一样变得又黑又脏。为了对他们做的那些脏活进行补偿，体贴的仙女们给他们穿上了颜色和款式都最棒的衣服，让他们看上去像布满鲜花的巨大花床。

如果你觉得我在开玩笑，那我只能说这确实是真的。一位名叫傅里叶[④]的老绅士常常说，我们也应该做些清洁工做的事，尊敬

---

① 柏拉图（约公元前 427 年—公元前 347 年）：古希腊伟大的哲学家，也是西方哲学乃至整个西方文化最伟大的哲学家和思想家之一。

② 亚特兰蒂斯：传说沉没于大西洋的岛屿。

③ 斯塔法岛：英国苏格兰西部岛屿。

④ 傅里叶：法国空想社会主义者，社会改革家。

他们，而不是轻视他们。他是一位十分聪明的老绅士，而且他和这个世界一样疯狂。

夜里，来维护秩序、防止坏事发生的并不是警察，而是千千万万条水蛇，她们是最美妙的动物。她们都跟照管她们的仙女涅瑞伊得斯①姓。她们都穿着绿色、黑色和紫色的天鹅绒裙子，身子都是用一个个的环连接起来的。

有的水蛇有三百只脑袋，她们一定都很机灵。有的水蛇身子上的每一节都长着眼睛，所以她们就看得特别清楚。如果她们想要一个水蛇宝宝，她们会在自己的尾巴处长一个出来。等到这个水蛇宝宝可以照顾自己的时候，她就会从母体上脱落下来。所以，她们想要壮大家族是很容易的事情。如果有什么坏东西过来，她们就一下子扑上去。然后，她们几百只脚里一下子就会弹出数不清的“暗器”，那些东西足够开一家刀具店了：

长柄大镰刀
砍刀
鹤嘴锄
叉子
折叠刀
双刃剑
军刀
穆斯林弯刀
标枪
标枪
长矛
开塞钻
别针
战斧
鱼钩
锥钻
缝衣针

她们对那些淘气的野兽又是刺、又是射、又是戳、又是扎、又是

① 涅瑞伊得斯：仙女，海神涅柔斯五十个女儿之一。

刮、又是扯，野兽也就只能拔腿逃命，否则会被剁成碎片，然后被吃掉。如果我这里说的有半点假话，那么就连显微镜都不能信了，林奈学会估计也要完蛋了。

岛上有成千上万个水孩子，汤姆数不过来，你也数不清楚。所有因为残忍的父母不愿意管教的孩子；所有因为无知又被野蛮人养大的孩子；所有被虐待、被忽视、被无知伤害而遭遇不幸的孩子；所有在小巷、大院、在摇摇欲坠的棚屋中，死于发烧、霍乱、麻疹、猩红热，死于那些谁也不应该染上、如果有常识谁也不愿意染上的疾病的孩子；所有被残忍的师傅和邪恶的士兵弄死的孩子。这些孩子都在那里。

我真希望汤姆已经放弃了所有淘气的恶作剧，不再去欺负小动物，因为他现在有很多小伙伴可以一起玩耍。可是，我很抱歉地说，事情并不是那样的。他还是会捉弄小动物，除了开不起玩笑的水蛇，其他动物他都不放过。

汤姆会挠石蚕的痒痒，让他们合上嘴。他会吓唬螃蟹，弄得他们躲到沙堆里，只敢伸出两只圆溜溜的眼睛偷看他。他会把石块放进海葵的嘴里，让他们以为晚饭要来了，结果却空欢喜一场。

其他的水孩子提醒汤姆："注意一下你的言行，惩恶仙女要来了。"但是汤姆从来就不搭理他们，玩得兴高采烈，运气也很好。直到有一天，那是星期五的大早上，惩恶仙女真的来了。

她是一位很吓人的女士。孩子们看见她时，都笔直地排成一列，拉平身上的浴衣，把双手背在身后，就像要接受巡视员的检阅一样。

而她戴着一顶黑色软帽，披着一件黑色围巾，穿的裙子没有衬架，一副大大的绿色眼镜架在一个大大的鹰钩鼻上。鼻子钩得那么厉害，鼻梁都拱到眉毛上面去了。她的模样太丑了，汤姆本来想对她扮鬼脸的，但是放弃了。因为她的手臂下夹着一根大大的白桦木棒。

她一个孩子一个孩子地看过去，看上去对他们十分满意。虽然她没有提一个问题，问问他们的表现。

接着，她开始给他们分发各式各样的美味海点心：有海蛋糕、海苹果、海橘子、海牛眼、海太妃糖。对那些表现最好的孩子，她还会给他们海冰淇淋，那可是用海牛奶做的，在水里面永远都不会融化。

如果你不是很相信我，那你就想一想：有什么比海石子更廉价更常见的呢？那为什么就不会同样有海太妃糖？当潮水比较低的时候，谁都可以找到海柠檬，而且刚好也是切成四分之一块的。有时候还能找到海葡萄，它们一串串的挂在那儿。

现在，小汤姆眼看所有的美食都要被分光了，嘴里口水直流。他的眼睛瞪得和猫头鹰的一样圆，因为他希望自己也有份。

确实轮到他了。夫人叫他上前面去，她的手里拿着什么东西，突然扔进了汤姆的嘴里。瞧！那是一块脏脏的、冰冰的、硬硬的石子。

“你真是个残忍的女人！”汤姆说着开始啜泣起来。

“那你就是一个十分残忍的孩子。是谁把石子放进海葵的嘴里，让他们白高兴一场，以为美好的晚餐来了？你怎么对待他们，我就怎么对待你。”

“是谁告诉你的？”汤姆问。

“你告诉我的，就在刚刚。”

汤姆一直都没有张嘴说话，所以他觉得很吃惊。

“是的，每个人都告诉了我他们做错了什么，只是他们自己不知道而已。所以不要试图向我隐瞒什么，那不管用。走吧，去做个好孩子，只要你不再那么做，我就不会再往你的嘴里放石子。”

“我不知道那是不对的。”汤姆说。

“现在你知道了。人们总是会这么向我解释。可是我告诉他们，你不知道火会烧人，并不等于火就不会烧你。你不知道脏东西会使人发烧，并不等于发烧就不会致命。龙虾不知道进了笼子有什么害处，但他还是被困住了。”

“天哪，”汤姆心想，“她怎么什么都知道！”她确实什么都知道。

“所以，如果你不知道那些是错的，并不代表你就不应该为此受到惩罚。不过，那些都是小惩罚，都是小惩罚，我的小家伙。”不管怎样，这位女士看上去还是很仁慈。

“好吧，你对可怜的小伙子还是残忍了一点。”汤姆说。

“一点也不残忍，我是你最好的朋友。但是我要告诉你，在人们犯错的时候，我是忍不住要惩罚他们的。他们不喜欢惩罚，我也一样。我常常为他们感到惋惜，可怜的小东西。但是我也没有办法，即使我不想惩罚他们，结果还是一样要惩罚。因为我是机械地去做，就像一个发动机。我的体内都是轮子和发条，而且发条都被细心地上紧了，所以我不得不这么做。”

“是不是很久以前他们就给你上了发条？”汤姆问。

他可是个机灵的小家伙，心想：“她总有一天会跑不动的，或者他们可能会忘记给她上发条。就像老格林姆斯从小店回来，常常忘记给他的手表上发条一样。那样我就没事了。”

“我上过一次发条就永远不会停下来，那还是很久以前的事，我都给忘了。”

“天哪，”汤姆说，“你一定被造出来很久了！”

“我的孩子，我不是被造出来的。我会永远地走下去，就像永恒一样古老，又像时间一样年轻。”

此时，仙女的脸上出现了一副奇怪的神情，很严肃、很悲伤，但又非常甜美。她抬起头，她的目光穿过海洋、穿过天空，好像凝望着远处某个很远很远的地方。她就这样看着，脸上掠过一丝平静、温柔、表现出耐心又充满希望的微笑。有那么一瞬间，汤姆觉得她一点也不丑。

她看上去再也不丑了。虽然和许多人一样，她没有一副漂亮的脸蛋，但是看上去却很可爱，立刻就抓住了孩子们的心。因为，房子虽然十分普通，但却能从窗口透出一种美好善良的精神。

汤姆对着她微笑，这一刻，她看上去真是令人愉快。

这位奇异的仙女也笑了起来："是的，你刚才觉得我很丑是不是？"

汤姆低下了脑袋，脸一直红到了耳朵根。

"我是很丑，我是世界上最丑的仙女，以后也是一样，直到人们的行为举止变得足够好为止。到那时候，我才会变得和妹妹一样漂亮，她是世界上最可爱的仙女。她的名字叫做'福善仙女'。所以，她从我结束的地方开始，我从她结束的地方开始。正如你所看到的，那些不听从她的话的人，必须听从我的话。现在，除了汤姆，你们都走开吧。他要留在这里，看看我接下来要做什么。在他上学之前，这对他来说是个很好的教训。

"汤姆，每周五我都会到这儿来，把所有欺负小孩的人都叫来，用他们对待孩子们的办法来对待他们，让他们自己也尝尝被欺负的滋味儿。"

听到这里，汤姆害怕起来，他都躲到岩石下面去了。这使得住在那里的两只海蟹很生气，还把他们的酪鱼朋友吓得发了疯地直跳。但是，他还是不愿意离开。

她叫来了所有给孩子们吃泻药的医生。他们大多都是老医生。她让他们站成一排，他们看上去很沮丧，因为他们知道接下来会发生什么。

首先，她把他们所有的牙齿都拔了，再给他们身上到处放血。她给他们吃氯化亚汞、球根牵牛根泻药、盐、番泻叶泻药、硫磺和解毒甜剂，他们都露出了恐惧的表情。

然后，她让他们吃了许多芥末和水做的催吐剂。接着一切再来一遍。

她整个上午就是这么度过的。

后来，她又叫来了一大群愚蠢的女士，因为她们夹疼了自己孩子的腰和脚趾。

她用束腰带把她们绑紧，让她们窒息、呕吐。她们的鼻子变红，手脚都起肿。她还拿她们可怜的脚往紧得可怕的靴子里塞，让她们穿着这样的靴子跳舞。

她们都狼狈极了。然后她会问她们是否喜欢这样，如果她们说一点也不喜欢，她就放她们走。因为，她们过去那样做只是在遵循一种愚蠢的风俗，以为那对孩子有好处。

然后她还叫来所有粗心的保姆，给她们全身都刺上别针。让她们坐进儿童车里，用带子勒紧她们的肚子，让她们的脑袋和手臂垂在另一边。直到她们恶心想吐，快要中暑为止。

但是，她们是在水下，应该说中水暑更确切。我向你保证，那种感觉和中暑一样难受。如果你坐到磨坊的水轮下面试试，你就会知道。还有记住，当你听见海底发出隆隆声时，水手们会告诉你那是地震，但现在你知道这是另一回事了。那是老女士用童车推着保姆发出来的声音。

这时，她已经很累了，要去吃午餐。午饭后，她又开始工作。

她叫来所有残酷的校长。当她一看见他们，她就眉头紧皱，认真工作起来，好像一天中真正的工作才刚刚开始。

他们中的大多数都是下流、肮脏、卑鄙的人。他们不敢打和自己一般大的人，而是以打小孩为乐。他们给孩子们洗脑，说自己是世界上唯一知道如何管教孩子的人。

她扇他们的耳光，用戒尺重重地敲他们的头，用藤条抽打他们的手心。最后，她用桦木棒狠狠地鞭打他们的全身，罚他们在她下周五来到之前，背完一篇三十万字的课文。

他们听了，都嚎啕大哭起来，他们呼出的气泡冒出了海面，就像是苏打水里冒出的泡泡一样。这就是海水里有水泡的原因。这时，她已经很累了，想歇一歇。确实，她已经忙活儿一天了。

汤姆并非十分讨厌这个老女士，只是，他还是禁不住认为她有点恶毒。她确实有些恶毒，这也不奇怪，可怜的她必须等到所有人都知恶行善时，才能变漂亮，她还要等很长一段时间呢。

可怜的“惩恶仙女”老夫人！还有许多难题等着她去解决，她还不如生来就是个洗衣女工，整天站在木桶前就好。但是，你看，人们并非总能选择自己喜欢的职业。

汤姆很想问她一个问题。因为，她看他的时候，不再是愤怒的表情了。她的脸上时不时地露出一点明朗的微笑，她自个儿轻声地笑着，这给了汤姆勇气。他终于开口问道：“夫人，请问我可以问你一个问题吗?”

“当然，我的小可爱。”

“你为什么不把所有的坏师傅也带来这里，再惩罚惩罚他们呢？监工们殴打可怜的煤矿童工；制钉的师傅用锉刀锉徒弟的鼻子，用铁锤砸他们的手指；还有所有扫烟囱的师傅，像我的师傅格林姆斯。很久以前，我看见他掉入了水中，我真希望他也会来这里。他以前对我可坏了，这是真的。”

这时，老夫人表情十分严肃，这让汤姆很害怕，他为自己的鲁莽感到后悔。但是，老夫人没有生汤姆的气，她只是说道：“这整整一周我都在照管他们，他们在一个完全不同的地方，因为他们属于明知故犯的一类人。”

她说得非常平静，但是里面却有什么东西让汤姆从头到脚都感到刺痛，就好像钻进了一大片海荨麻中间一样。

“但是这些人，”她接着说，“并不知道自己做错了，他们只是愚蠢又缺乏耐心。因此，我要一直惩罚他们，让他们变得有耐心，像有理智的人一样，拥有常识和判断力。

“但是对于那些扫烟囱的孩子、煤矿的童工和制钉的学徒，我妹妹已经派好人去阻止类似的事情发生了。我非常感激她，因为只要她能够阻止残酷的师傅虐待可怜的孩子，我变漂亮的日期就至少能提前一千年。

“现在，你要做一个好孩子，做一些他们没有做过的事情，你会得到善报的。然后，我的妹妹福善仙女礼拜天会过来，也许她会观察你，教你怎么做。关于这个，她比我懂得的还要多。”说完，她就走了。

听到他再也见不到格林姆斯的消息后，汤姆开心极了。但是，想到他曾经还会给自己留些剩酒，汤姆又有点替他感到惋惜。

汤姆决心礼拜六要做一个好孩子，他的确做到了。他再也没有吓唬海蟹，捉弄任何活珊瑚，或是把石头放进海葵的嘴巴里，让他们空欢喜一场。

礼拜天的早晨，福善仙女真的来了。所有的孩子都开始手舞足蹈，拍手欢迎，汤姆也尽其所能地舞着。

她是个美丽的女士，我说不出她头发和眼睛的颜色，汤姆也说不清楚。所有人看见她时，心中都只有一个想法，那就是：她有一张他们见过的或是最想见到的最甜美、最善良、最温柔、最有趣、最快乐的面庞。

但是汤姆心里想的是：她的个子很高，和她的姐姐一样高。但不像她姐姐有结疤、有棱角、有鳞又有刺。相反，她是所有照顾过孩子的女子中最漂亮、最温柔、最丰腴、最平和、最光滑、最让人想拥抱、最美妙芬芳的女子。

她曾经照顾过孩子，也完全理解小孩。因为，她自己就有许多孩子，直到今天还有。只要她有时间，她就会和孩子们玩耍。这是她快乐的源泉，也是她女性特质的体现。孩子们是世界上最好的朋友，也是最快乐的玩伴。至少，世界上所有的聪明人都是这么想的。

因此，孩子们一看到她，自然全都上去抓住她，拉着她坐在一块石头上。他们爬上她的大腿，缠住她的脖子，握住她的手。然后，孩子们都把自己的拇指放进嘴里吮着，依偎着她，嘴里发出咕噜声，就像一大群小猫发出的声音一样，他们本来就应该这样。

那些没有在她身上找到地方的孩子就坐在沙滩上，抱着她的光脚丫。你知道，没有人会在水里穿鞋的。只有汤姆站在那里望着他们，因为他不明白这是怎么一回事。

“你是谁啊，小可爱？”她问道。

“哦，那是一个新来的孩子！”他们把手指从嘴里拿出来，一起叫道，“他从没有过妈妈。”说完，他们又把手指放进嘴里，因为他们不希望浪费一点点时间。

“那么我就是他的妈妈，他应该有个最好的位置。现在，你们大家都下来，快都下来。”

她抬起了两只挂满水孩子的手臂，一只手臂有九百个，另一只有一千三百个。她把他们全都丢了下来，他们从两边下来，都跑进了水里。但是他们一点也不在意，就像《蓬蓬头彼得》里那些淘气的孩子被圣尼古拉斯浸到墨水池里①时一样，毫不在意。他们甚至都还没有把手指从嘴里拿出来，就又划着水、扭动着身子，回到了她的身上，像一大群蝌蚪一样。最后她的身子从头到脚都看不见了，身上只有密密麻麻的水孩子。

---

①《蓬蓬头彼得》在本书46页有介绍过。书中有一幅画描述圣尼古拉斯把一个淘气的小孩的脑袋浸到墨水池里，以此来惩罚他。

她把汤姆抱在怀里，把他放在身上最柔软的地方，亲吻他，轻拍他，用轻柔的声音和他说话。她说的那些话，他过去从没听说过。汤姆看着她的眼睛，爱着她，爱着，爱着，直到他一下子就在纯洁的爱中熟睡了。

当汤姆从梦中醒来时，她正在给孩子们讲故事。她讲的是个什么故事呢？她讲的这个故事是从圣诞夜开始的，但是从来没有结束过。

在她讲故事的时候，孩子们都把手指从嘴里拿出来，认真地听着。他们一点也不悲伤，因为她从来不讲悲伤的故事。汤姆也听着，好像永远都听不厌一样。他听了好久好久，然后他又睡着了。当他醒来时，仙女还抱着她。

"别走开，"小汤姆说，"这真是太美好了。以前从来没有人抱过我。"

"好吧，我只有唱一支歌的时间了，唱什么呢？"

"失去的布娃娃！失去的布娃娃！"所有的孩子都一起嚷嚷道。

于是，这位美丽的仙女唱了起来：

> 我曾经有个美丽的布娃娃，亲爱的，
> 她是世界上最美丽的布娃娃；
> 她的脸颊白里透红，亲爱的，
> 她有一头如此迷人的卷发。
> 但我失去了可怜的小布娃娃，亲爱的，
> 那一天我在荒野里嬉戏玩耍；
> 我为她哭了一个多星期，亲爱的，
> 但是我再也不能找到她。
>
> 我终于找到了可怜的小布娃娃，亲爱的，

那一天我去荒野里嬉戏玩耍；
别人说她已经变得不成样子，亲爱的，
因为她身上的漆都已掉光啦，
她的胳膊已经被母牛踩掉，亲爱的，
她的头上找不到一根卷发；
但是，念着旧情，亲爱的，她还是，
世界上最最漂亮的布娃娃。

仙女唱这样的歌，还真是有些傻！而那些傻乎乎的水孩子们竟然听得十分开心！

“那么，”仙女对汤姆说，“你愿意为了我做一个好孩子吗，在我回来之前不去折磨那些海里的小动物？”

“那你还会抱我吗？”可怜的小汤姆问。

“当然，我会的，小可爱。我很愿意把你带在身边，一直抱着你，只是我不能那样。”说完，她就走了。

所以，汤姆真的很努力地去做一个好孩子。从那以后，他有很长一段时间都不再欺负海里的动物。而且你放心，他现在仍然活着，活得很好。

啊，躺在善良仁慈的妈妈怀里，听着她讲故事的孩子该有多乖多听话啊。他们真应该担心自己变得淘气，让妈妈美丽的眼睛流泪！

第六章

现在我要讲到这个故事最悲伤的部分了。

我知道有些人会发笑，说有什么好悲伤的，真是夸张。但是，我知道有一个人不会这么想。他是一位军官，他那两撇灰白胡须有你的手臂那么长。他曾经对同伴说，他见过的事情中有两个场景最让人伤心，它们让他激动得热泪盈眶。要是能够阻止或弥补那样的事，让他做什么他都愿意。

一个场景是孩子对着破了的洋娃娃哭，另一个是孩子偷吃糖果。

他的同伴没有当面笑话他，因为他的胡须都那么长了，那么灰白。但是他走开以后，他们就在背地里说他太多愁善感。只有一个人没有笑，那是贵格会①的一个亲爱的小个子老太太。她的灵魂和她那顶洁白的帽子一样纯洁无瑕。当然，一般来说，她是不会偏袒士兵的。她说话的声音很平静，真是位地道的贵格会教徒："朋友们，我脑子里产生了一个念头：他可是一位真正的勇士。"

你一定认为，汤姆想要的一切现在都有了，他应该变成了一个

① 贵格会：属于基督教派，提倡废除礼仪，反对暴力和战争。

好孩子。但是你错了。舒适惬意固然好，但并不能使人变好。确实，有时反而会让人更调皮。

我很难过地说，小汤姆就是这样的。他越来越喜欢吃海牛眼和海棒棒糖了，他那笨笨的小脑袋整天想的只有这两样东西，其他的什么也不想。他总是希望能够得到更多，总是盘算着那位奇异的仙女什么时候再来，带一些糖果给他吃。她会给他带什么，带多少，会不会给他多一些。白天，除了糖果以外，他什么也不想。晚上，除了糖果以外，他什么也梦不到。那么，结果怎么样了呢？

他开始观察那位女士，想知道她把那些糖果装在什么地方。他开始躲躲藏藏地、偷偷摸摸地跟踪她，假装看着别的地方，或者是在找什么东西。终于，他发现了，原来她把它们放在一个珍珠母做的小柜子里，藏在岩石的深缝中。

他很想去拿那个柜子，但是又害怕。他一直想着它，慢慢地感觉并没有那么可怕了。最后，他实在是太想要了，恐惧的感觉都消失了。

一天夜里，所有的孩子都睡着了，只有汤姆还在想着海棒棒糖，无法入睡。他悄悄地来到岩石中间，找到了柜子，瞧！柜子是开着的。

但是，他不但不开心，反倒害怕起来。他宁愿自己从没来过，因为柜子里的东西实在是太多太好了。

于是，他心想："我就摸摸看。"他摸了一下。

他心想："我就尝一下。"于是，他尝了一下。

他又想："我只吃一个。"他吃了一个。

然后，他就两个、三个，一个接一个地吃起来。

他害怕仙女会追过来抓住他，于是他索性狼吞虎咽地吃起来。他吃得太快了，根本就吃不出滋味，也没有了乐趣。

然后，他觉得有些不舒服，心想着，就再吃一个吧。可是吃完一个，他又想着再来一个。就这样，一个又一个，直到他把它们都吃光了。

其实，惩恶仙女一直就在汤姆身后看着他。有些人可能会问，她为什么不把柜子锁上呢？是的，这确实很奇怪，但是她从来不会给柜子上锁。每个人都可以自己去尝一尝里边的东西，想吃多少就吃多少。这很奇怪，但事实就是如此。我敢说，她什么都清楚。也许，她是希望人们在烫伤过手指以后，再也不把手指伸向火中去。

她把眼镜摘了下来，因为她不想看得太清楚太仔细。因为难过，她的眉毛抬得老高，快要抬到头发里边去了。她的眼睛那么大，大得足以装下全世界的伤悲。她的眼里还常含大颗的泪珠。

但是她只说了一句话："啊，你这个可怜的小家伙，你和别人一样。"她其实是说给自己听的，汤姆听不见，也看不见她。

但是，你可千万不要幻想她是个多愁善感的人。如果你认为，当我们做错事时，她会不忍心惩罚我们，而宽恕我们的话，那你就大错特错了。每一天，都有许多人是那么想的。

那么，当看见糖果都被吃光以后，这个奇异的仙女会怎么做呢？

她会不会扑向汤姆，揪住他的脖颈，拖住他，夹着他、按下他的脑袋、押着他、打他、戳他、拽他、捏他、敲他、罚他站墙角、摇他、扇他耳光、让他坐在冰冷的石头上反省自己，等等？

才不是这样呢。如果你知道她在哪，你就可以看看她是怎么做的。但是，你决不会看到她那么做，因为她很清楚地知道，如果自己那么做了，汤姆就会反抗、拳打脚踢、说脏话，又会变回那个淘气的野蛮的扫烟囱的小孩，就像以实玛利[1]一样，他与人人作对，人

① 以实玛利：亚伯拉罕与侍女哈加所生之子，被人们所唾弃，是社会公敌。

人也与他作对。

那她会拷问他、逼迫他、恐吓他、威胁他，让他承认错误吗？才不是这样呢。就像我说的，如果你知道她在哪，你可以去看看她是怎么做的，但你决不会看见她那么做。因为，如果她那么做的话，就等于让他因为害怕而说谎，这对他来说更糟。如果说，这世界上还有比把汤姆重新变成扫烟囱的孩子更糟糕的事，那这肯定算是其中之一。

所以，关于这件事，仙女什么也没说了。甚至，当汤姆第二天和其他孩子一起来要糖果时，她也没有说什么。他十分害怕，不敢来，但更不敢不来。因为，他担心那样一来，就会有人怀疑他。

他心想，糖果都被自己吃光了，哪里还有能发给大家的呢？到时候仙女肯定会询问糖果去哪里了，是谁偷吃掉了？一想到这里，汤姆就担心得要命。但是，你瞧！她和过去一样，拿出来了好多好多糖果，一点也没少。汤姆吃惊极了，心里更加害怕。

当仙女仔仔细细地打量汤姆的脸时，他从头到脚都在颤抖。不管怎样，她还是给了汤姆和别人一样多的糖果。然后，汤姆心想，她大概还没有发觉他做的事情。

但是，当他把糖果放进嘴里时，它们的味道使他厌恶极了，弄得他直想吐，他恨不得立刻离开那里。这之后的一个星期里，汤姆变得很不舒服，一直闷闷不乐。

然后，第二周来到时，他又去领自己的糖果。仙女又仔细地打量了他的脸，她的神情更加悲伤了，她从来没有这么伤心过。

这次糖果的味儿更是让他受不了，但不管有多难受，他还是硬着头皮吃了下去。

当福善仙女来的时候，汤姆渴望她可以像抱别人一样抱抱自己，但是她十分严肃地说："我也想抱你，但是我不能，你身上有太多角和刺了。"

汤姆看了看自己，他全身长满了刺，像海胆一样。

这也是再自然不过的事了。你要知道也要相信，人们的灵魂造就他们的身体，就像蜗牛造就了它的壳一样。我不是在开玩笑，我的小家伙，我说这话是非常严肃诚恳的。因此，当汤姆的灵魂因为顽皮的脾性而长满刺时，他的身体也不自觉地长出刺来。所以，没有人愿意抱他、和他一起玩耍，甚至看都不想看他。

现在，汤姆除了离开，躲在角落里哭泣，还能做什么呢？没有人想和他玩耍，原因在哪里？他自己心里全都明白。

整整一星期，他都伤心透顶。当丑仙女再一次来仔细打量他的时候，她更加难过了。这一次，汤姆再也忍不住了，他把糖果推开，说道："不，我不要糖果，我再也受不了它们了！"说完，就大哭起来。可怜的小家伙，于是他把发生的一切都如实地告诉了惩恶仙女。

讲完之后，他害怕死了，生怕她会狠狠地惩罚自己。但是，她并没有，她只是把他抱起，亲了亲他。其实，那个吻并不太舒服，因为她的下巴上长满了硬毛。但是他心里太孤单了，他觉得有个粗糙的吻也比没有的好。

"我原谅你，小家伙，"她说，"只要主动把真相告诉我，我总是会原谅别人的。"

"那么，你会把我身上这些讨厌的刺都弄掉吗？"

"那确实是个难题。刺是你自己长出来的，只有你可以把它们弄掉。"

"我该怎么做呢？"汤姆问，他又哭了起来。

"嗯，我想你现在该去学校了。我会给你带一位女教师来，她会教你怎样除掉身上的刺。"说完，她就走了。

一想到女教师，汤姆心里就很害怕。因为他脑中出现的画面，是一个手拿白桦棒或藤条的老师。但是，他最后安慰自己说，也许她是一个像文代尔的老妇人那样的女教师。

但实际根本就不是。当仙女领她过来时，汤姆发现她是自己见过的最漂亮的小姑娘。她长长的卷发飘在身后，像一片金色的云彩；长长的裙子在她身体周围飘动，像是白银做的一般。

“就是这个孩子，”仙女说，“你要教他变成一个好孩子，不管你愿不愿意。”

“我知道了。”小姑娘说。但是她好像不是很情愿，因为她把手指放进嘴里，垂着眼睛瞟汤姆。而汤姆也把自己的手指放进嘴里，垂着眼睛看着她，他为自己感到很丢人。

小姑娘似乎不知道要怎样开始才好。要不是可怜的汤姆哭了起来，求她教自己变好，帮他弄掉身上的刺的话，也许她永远也不会开始教他。看见汤姆那个样子，她变得心软了，就开始教他。这个开始，和世界上所有的孩子开始上课时一样有趣。

这个小姑娘会教汤姆什么呢？她首先教他的，正是你从坐在妈妈的膝盖上，学第一句祈祷词开始学到的一切。但是她教给他的要简单得多。因为，我的孩子，那个世界上的课和这个世界上的课是不一样的，没有什么很难的词。所以，水孩子们比你更喜欢上课，他们渴望学到更多更好的东西。

从星期一到星期六，她每天都教汤姆；只有星期天，她要回家去，然后是那位仁慈的仙女来替她上课。仙女还没有教他多久，他身上的刺就消失了，他的皮肤又重新变得光滑干净。

“天哪！”小姑娘叫道，“哎呀，我现在认出你了。你就是那天来我房间扫烟囱的孩子！”

“天哪！”汤姆也嚷道，“我也认出你了。你就是那个躺在床上的、洁白的小姐。”

他向她奔过去，他很想拥抱她、亲吻她，但是他不能，因为他想到她是一位出身高贵的小姐。所以他只是围着她跳啊跳，直到他累得跳不动为止。

接着，他们开始向对方讲述自己的故事：

他讲他是怎么掉进水里的，她讲她是怎么从岩石上摔下来的；

他讲他是怎么游到海里的，她讲她是怎么飞出窗外的；

他讲他是怎么这个、那个、还有……她讲她是怎么这个、那个、还有……

直到所有的故事都讲完了，然后他们又从头再讲一遍。我都说不准他们谁讲得更快。

然后，他们又开始上课了。他们俩都很喜欢上课，整整七年很快就过去了，他们还在那儿上课。

你可能认为，汤姆在这七年里都很满足、很开心，但是事实并非如此。他心里总是想着一件事，那就是，小埃莉每个星期天回家去，可是她的家在哪儿呢？

她说，那是一个非常漂亮的地方。

但是，那个非常漂亮的地方是什么样的呢？它又在什么地方？

啊！这些正是她不能说的。这很奇怪，但却是真的，任何人都不能说。就连那些常常在那个地方的人，或是离那个地方很近的人，也一个字都不能提，连它是什么样子也不能让别人知道。

那个地方叫“世外仙境”，汤姆后来去了那儿。

有许多住在那附近的人，吹嘘自己对它从南到北都熟悉，好像曾在那儿做过邮递员似的。但是，因为他们远在仙境，所以说什么都无关紧要。那个地方可远着呢，离这儿有九亿九千九百万里。所以，他们说什么都和我们没有一点关系。

但是那些真的去过那个地方的聪明、善良、可爱、和蔼、自我牺牲的人们，决不会对你说任何关于它的事情。最多只是说，它是世界上最美丽的地方。如果你再问他们什么，他们就会谦虚地保持沉默，怕被别人笑话。他们这样做是十分正确的。

所以，善良的小埃莉只能说，世界上其他所有地方加起来都比不上它。她那样说，当然只会让汤姆更想要去看看那个地方。

“埃莉小姐，”他最后说，“我想知道，为什么你每个星期天回去的时候，我不能和你一起去。你不说我心里就不安宁，那也会弄得你不安宁。”

“这个你还是问仙女吧。”

当惩恶仙女来的时候，汤姆问了她。

“只配和海里的小动物一块玩耍的孩子是不能去那里的，”她解释道，“去那里的人必须先去他们不想去的地方，做他们不想做的事，帮助那些他们不想帮助的人。”

“为什么，埃莉也那么做过吗？”

“你问她吧。”

埃莉的脸刷的一下红了，说道：“是的，汤姆。起初我是不想过来的，因为我在家里的时候很快乐，那里每天都是星期天。而且，刚开始我很害怕你，汤姆，那是因为……因为……”

“因为我身上长满了刺吗？但是现在我没有刺了，不是吗，埃莉小姐？”

“不是，”埃莉说，“我现在很喜欢你，我也喜欢过来给你上课。”

“也许，”仙女说，“你也要学会喜欢去那些你不喜欢的地方，帮助那些你不喜欢的人，就像埃莉那样。”

汤姆把手指放进嘴里，头垂了下来，因为他一点也不明白其中的道理。

所以，当福善仙女来的时候，汤姆又问了她。因为他的小脑袋里想：她并没有她姐姐那么严厉，说不定会更轻易放过我。

啊，汤姆，汤姆，这个蠢家伙！我怎么能责怪你呢，因为好多大人的心里也有这样的念头。但是，当他们这样想的时候，他们得到的回答和汤姆得到的一样。当他问第二位仙女的时候，她的回答和第一位仙女的一样，一字不差。

对此，汤姆感到很不开心。星期天的时候埃莉回家去了，他就整天地哭闹，不愿意听仙女讲的好孩子的故事，尽管这些故事比之前的还要精彩。

事实上，他听得越多，就越不喜欢。因为这些故事都是讲某个孩子做了自己不想做的事，怎样不怕麻烦地帮助别人，怎样努力工作养活弟弟妹妹，而不是只顾着自己玩。

她还讲了一个古时候圣子的故事。野蛮人不愿意崇拜神的偶像，就把圣子杀害了。她刚开始讲这个故事的时候，汤姆就再也受不了了，他跑走了，躲在岩石中间。

当埃莉回来的时候，汤姆不好意思见她，因为他觉得她会看不起自己，认为自己是个胆小鬼。接着，他又对她感到反感，因为她比自己的地位高，她能做自己不能做的事情。看见汤姆这个样子，可怜的埃莉又惊又气。最后，汤姆放声大哭起来，但是他没办法把自己的心里话告诉她。

这一段时间，汤姆一直都在想埃莉到底去了哪，他完全被自己的好奇心吞没了。所以，他开始对自己的玩伴、海底宫殿和其他的东西都失去兴趣。也许，这样一来，他感到轻松多了。他变得对周围的一切都不满，他也不想再待下去了。他要离开，管它去哪里呢。

“唉，”最后他说，“我在这里太悲惨了，我要离开。你要是能和我一起走就好了？”

“啊，”埃莉说，“但愿我能跟你一起走，但不幸的是，仙女说了，你若执意要走，那你就得自己走。别捉弄那只可怜的螃蟹，汤姆。”汤姆戳着那只螃蟹，很想恶作剧一番。“住手，汤姆，否则仙女会惩罚你的。”埃莉接着说。

汤姆差点脱口而出：“我才不在乎她把我怎么样呢。”但是，他还是及时地把话憋了回去。

“我知道她想让我怎么做，”他很伤心地抱怨着。“她想让我去找那个可怕的老格林姆斯。但我不喜欢他。如果我找到了他，他会把我重新变成扫烟囱的孩子，这个我知道。这就是我一直害怕的事情。”

“不，他不会的，这个我很清楚。谁也不能把水孩子变成扫烟囱的孩子，谁也无法伤害水孩子，只要他是个好孩子的话。”

“啊，”顽皮的汤姆说，“我知道你想干什么，你一直在说服我去找他，因为你厌倦我了，想摆脱我。”

听到汤姆这么说，小埃莉睁大了眼睛，泪水涌了上来。

“啊，汤姆，汤姆，”她很伤心地说，大哭起来，“啊，汤姆！你在哪里？”

汤姆也哭了，“啊，埃莉，你在哪里？”

他们都看不见对方了。小埃莉正在离他远去，汤姆听见她在叫自己，可是声音越来越小，越来越微弱，直到最后，什么也听不见了。

还有谁比此时此刻的汤姆更害怕？他在岩石间游上游下，游过所有的大厅和房间，游得比以往任何时候都快。但是，他还是找不着埃莉。

他叫着她的名字，可是没有回应；他向所有水孩子打听，但是他们都说没有看见过她；最后，他游到水面上，哭着喊叫惩恶仙女。也许，这是他所能做的最好的事情了。不一会儿，她真的来了。

“啊！”汤姆叫道，“啊，天哪，天哪！我对埃莉太任性了，我害死她了。我知道，我害死她了。”

“怎么会呢，”仙女说，“是我送她回家了，她不会再回来，我不知道要过多久。”

听到这个回答，汤姆哭得更伤心了，咸咸的大海因为他的眼泪而膨胀起来，潮汐都比前一天高了许多。或许，这只是月光的作用，才让它看上去不一样。

“你把埃莉送走真是太残忍了！”汤姆哭诉着，“无论如何，就算跑到世界的尽头，我也要找到她。”

仙女并没有打汤姆，或是让他闭嘴，而是十分温柔地抱起他，放在自己腿上，就像她妹妹那样。然后，她跟他讲道理，说那不是她的错，因为她里面上了发条，就像钟表一样，无论这件事她喜不喜欢做，都不得不做。

她还告诉汤姆，他在温室里待了这么久，是时候出去看看这个世界了。如果想成为一个男子汉的话，他就必须这么做。她对他说，他必须像每一个降生在这个世界上的人一样，完全靠自己的力量出去闯荡。用自己的眼睛去看，用自己的鼻子去闻，睡自己做的床，自己玩火就烫伤自己的手指。

她告诉他，世界上有那么多美好的事物等着他去看。如果一个人还算勇敢、正直、善良的话，那它将是一个多么惊奇、有趣、可敬、管理有序的世界，总的来说，那是一个成功的地方。她还对他说，不要畏惧所面临的困难，只要他能够记住所有的教训，做他知道是正确的事，就不会受到伤害。

最后，可怜的小汤姆被她安慰得十分安心了，迫不及待地想要出发。“只是，”他说，“在我离开之前，要是能看一眼埃莉该多好啊！”

“为什么？”

“因为……因为如果她已经原谅了我，那我会十分开心的。”

眨眼间，埃莉出现了。她就站在汤姆面前，她微笑着，看上去那么开心。汤姆忍不住想要亲吻她，但他不敢，他担心那样不礼貌，因为她是出生高贵的小姐。

“我走了，埃莉！”汤姆说，“我走了，哪怕走到世界的尽头也无所谓。但我还是不想去，这才是实话。”

“啧！啧！啧！”仙女说，“其实你会非常喜欢的，你这个小坏蛋，你自己心里清楚。假如你不喜欢，我也会让你喜欢上的。过来，来看看只做自己喜欢的事情的人们会有什么结果。”

她拿出了一个小橱子，她在岩石缝里藏着各式各样神秘的小橱子。这个小橱子里放着一本最奇妙的防水书，里面有许多汤姆从没见过的照片。她很早很早以前就知道摄影了，那个时候还没有你们呢。而且，她的照片不只是黑白的，和我们现在的一样，它们还有彩色的。所以，她的照片特别有趣、特别出名，孩子们都非常喜欢看。

书的扉页上写着：“伟大而著名的逍遥族之历史。他们从勤奋之国而来，整天只想着玩单簧口琴。”

他们在第一张照片里看到的是，那些逍遥族人生活在“逍遥山”下的“现成”之土上，那儿到处都生长着“胡扯”。如果你想知道那是什么，就必须要读一读《彼特·桑德普》这本书。

他们生活得很像西西里岛上那些快乐的老希腊人。你可以在古老的花瓶上看见画有那些希腊人的图画。他们似乎有充足的理由那样生活，因为他们不需要工作。

他们不住在房子里，而是住在漂亮的石灰石岩洞里，每天可以泡三次温泉。至于他们的衣服，因为那儿太温暖了，先生们出门时穿得都很少：一顶三角帽，一双搭扣鞋，一些很轻薄的夏日装备。女士们都在秋日里收集蜘蛛丝来做冬衣。

他们很喜欢音乐，但是嫌钢琴和小提琴学起来太麻烦。至于跳舞，那是很费力气的。所以，他们整天坐在蚂蚁山上，玩单簧口琴。如果蚂蚁咬他们，他们就站起来，换下一个蚂蚁山坐，要是再被咬，就再换一个。

他们坐在“胡扯树”下，等“胡扯”掉进他们的嘴里。他们坐在葡萄藤下，把葡萄汁挤进他们的嘴里。如果有已经烤熟的小猪边跑边叫："来吃我呀！"他们就等小猪跑到嘴边来，然后咬上一口，便心满意足了。

他们不需要武器，因为他们生活的地方从来没有敌人来过。他们不需要工具，因为一切东西都是现成，唾手可得。那位严厉的老仙女从来不管他们，不去捉他们，不逼迫他们运用自己的聪明才智，不让他们死。世界上没有任何人能像他们那么舒服、随意、无忧无虑。

"唉，这种生活真快活。"汤姆说。

"你这么认为？"仙女问，"你有没有看到后面那座尖尖的山峰，有烟从顶上冒出来的那个？"

"看到了。"

"那你有没有看到下面的火山灰和火山渣？"

"看到了。"

"把书翻到五百年后，你就会知道发生了什么事情。"

瞧！那火山就像一桶火药一样炸开了。三分之一的逍遥族人都被冲上了天，另外三分之一被火山灰闷死，所以只剩三分之一的人活了下来。

"你看，"仙女说，"生活在燃烧的火山上就是这个结果。"

"啊，你为什么不警告他们？"小埃莉问。

"我想尽办法警告过他们。我让烟从山顶上冒出来，有烟的地方就有火。我把火山灰和火山渣落得到处都是，有火山灰的地方还会再落火山灰。但是，亲爱的，他们不愿意面对现实，只有极少数的人愿意面对。所以他们编造了一个荒唐的故事，我保证，那肯定不是我讲给他们听的。他们说，那烟是一个巨人的呼吸，那巨人是被埋在山下的神。火山灰是小矮人烤小猪时留下的，还有其他类似的荒谬说法。当人们这样想入非非的时候，我是没法子教他们的，除非用我的白桦棒。”

然后她又往后翻了五百年：幸存下来的逍遥族人和过去一样，做着他们喜欢的事情。他们真是太懒了，都不愿从山上搬走。他们说，火山已经爆发过一次了，这就足以说明不会再爆发了。他们没有多少人了，但是他们只是说：人多好作乐，人少好吃饭。

但事实并不是这样，因为所有的胡扯树都被火山烤死了，他们已经吃光了所有的烤猪，当然，不能指望烤猪生小猪。所以，他们的生活就很艰难了，只能靠坚果和用小木棍从地里挖出来的草根填饱肚子。

他们中有人说要种粮食，就像他们来“现成”国以前，他们的祖先所做的那样。但是他们忘了怎样用犁耕田，甚至连怎么做单簧口琴都忘了。他们还把许多年以前从“勤奋之国”带来的粮食种子吃光了。当然，出去再找一些来太麻烦了。所以，他们只好靠吃草根和坚果维生，生活得很辛苦。所有身体虚弱的小孩都得了胃病，然后死去。

“唉，”汤姆说，“他们变得和野人没什么两样。”

“瞧瞧，他们变得那么丑了。”埃莉说。

“是的，人如果不能吃烤牛排和李子布丁，只吃蔬菜的话，嘴巴就会变大，嘴唇就会变粗糙。”

说完，她又往后翻了五百年。这时，他们都生活在树上，建了巢来遮蔽风雨。树下有狮子在走来走去。

“唉，”埃莉说，“狮子好像吃掉了许多人，因为现在活下来的已经很少了。”

“是啊，”仙女说，“你知道，只有最强壮、最灵活的人才能爬上树，逃离狮子的追捕。”

“但是，他们都是些很高、很笨重、肩膀很宽的家伙啊，”汤姆说，“我从来没见过这么粗野的人。”

“是啊，现在他们变得很强壮了，因为女士们只愿意嫁给那些最强壮、最凶猛的先生。只有他们能帮助她们爬上树，不被狮子抓住。”

她接着又往后翻了五百年。这时，他们的人数更少了，变得更加强壮，更加凶猛。但是，他们的脚形变得非常奇怪，这是因为他们把脚当手用，来抓住树枝。就像印度裁缝用脚趾来穿针线一样。

两个孩子看得惊讶极了，问仙女是不是她干的。

“是，但又不是，”仙女笑着说，“只有那些既能用手又能用脚的人才能活得好，只有他们才能胜过别人，活了下来，而其余的人都饿死了。”

“但是他们当中有一个人浑身是毛。”埃莉说。

“啊！”仙女叫道，“他将成为那个时代的大人物，成为整个部落的首领。”

当仙女把书再往后翻了五百年，上面的内容证实了她所说的话。因为，这个全身是毛的首领生下了身上长毛的孩子，这些孩子又生下了毛更多的孩子。每个女人都想嫁给身上长毛的男人，然后也生下身上长毛的孩子。因为那里的气候变得很潮湿，只有身上毛多的人才能活下来。而其余的人都咳嗽、打喷嚏、喉咙疼，还没有长大成人，就得了肺结核病。

仙女又再往后翻了五百年，他们的人数更少了。

“怎么有一个人爬在地上拾草根呢？”埃莉说，“他不能直立行走了。”

他不能直立行走，因为就像他们的脚改变了形状一样，他们的背也改变了形状。

“唉，”汤姆说，“他们都变成猩猩了。”

“像猩猩，像得不能再像了，可怜愚蠢的生物，”仙女说，“他们变得很笨，都不能思考问题。因为他们都有好几百年没有用过自己的智慧了。他们也差不多忘记了怎样说话。每个笨孩子连从笨父母那里学来的几句话都记不住，更没有足够的智慧去自己造新词。而且，他们变得又凶残又多疑，互相躲避，闷闷不乐地躲在黑暗的树林里，从来听不到别人的声音。最后，他们连说话是怎么一回事都忘了。恐怕他们很快就会完全变成猩猩，这都是因为他们只做自己喜欢的事情的缘故呀。”

再往后的五百年里，因为坏食物、野兽和猎人，他们几乎都死光了，只有一个身体巨大的老家伙活了下来。他站起来有足足七英尺高。杜差如先生[①]走到他面前，在他站着吼叫、拍打胸脯的时候，朝他开了枪。

他记得他的祖先曾经是人，他想说：“我难道不是人吗？我难道不是你的兄弟吗？”但是他忘记了怎样用舌头说话，接着他想去找医生，可是他已经忘记了医生这个词怎么说。所以，他只能叫道：“呜啵啵啵！”然后就死了。

这就是伟大而快乐的逍遥族人的故事的结局。当汤姆和埃莉看到书的结尾时，他们看上去悲伤又严肃。

“可是，你就不能救救他们，不让他们变成猩猩吗？”小埃莉最后问。

“首先，亲爱的，他们的行为得像人，要去做他们不喜欢做的事情。但是，他们等得越久，行为就越像无知的野兽。他们只做自己喜欢做的事情，就变得越来越蠢、越来越笨。最后，他们无药可救了，因为他们把自己的智慧都扔掉了。就是这种事情使我变得更丑，我不知道什么时候才能变漂亮。”

“他们现在在哪里？”埃莉问。

“在他们应该去的地方，亲爱的。”

---

① 杜差如：法裔美国旅行家和讲师，曾在非洲大陆旅行。

“是啊!”仙女一边合上这本漂亮的书,一边严肃地说,半自言自语似的,“人们说我可以把野兽变成人。好吧,也许他们说得对,但又说得不对。那是禁止我说的七件事之一,无论如何,那和他们的事情无关。

“不管他们的祖先是什么,他们是人,我告诫过他们行为要像人,要照此行事。让他们记住这一点,任何事情都有两面性,有上山路就会有下山路。如果我能把野兽变成人,那么,按照同样的方式,我也能把人变成野兽。汤姆,你也有那么一两次快要被变成小动物。事实上,你要是没有下定决心开始这次旅程,像一个男子汉一样出去闯世界的话,你最后会不会变成池塘里的一只水蜥,我就不敢保证了。”

“啊,天哪!”汤姆说,“我要趁早走,赶紧溜掉,这就动身,哪怕去世界的尽头。”

第七章

“现在，”汤姆说，“我这就离开，哪怕去世界的尽头。”

“啊！”仙女说，“真是一个勇敢的好孩子。但是，如果想要找到格林姆斯先生，你要去的地方比世界的尽头还远。因为，他在世外仙境。你要去发光墙，然后穿过那扇永远都打不开的大门。接着，你要去和平池和嘉莉妈妈①的安息地，那是好鲸鱼死去的地方。在那里，嘉莉妈妈会告诉你去世外仙境的路，你在那儿可以找到格林姆斯先生。”

“啊，天哪！”汤姆说，“但是我不知道怎样去发光墙，根本就不知道它在什么地方。”

“小男孩一定不能怕麻烦，要自己去找答案。否则，就永远不能成为男子汉。所以，你必须要问遍海里的野兽和天上的鸟儿，如果你对他们友善，他们中有的就会告诉你去发光墙的路。”

“天哪，”汤姆叫道，“那会是一次遥远的旅行，所以我最好立刻出发。再见，埃莉小姐，你知道的，我会变成一个男子汉，我必须要

① 嘉莉妈妈：拉丁文为 MaterCara，意思是被爱戴的母亲。该称呼为地中海东部诸国和诸岛的水手所使用。

出去看看这个世界。”

“我知道你必须离开，”埃莉说，“但是你不要忘记我，汤姆。我会在这里等着你回来。”

她跟汤姆挥挥手，说再见。汤姆非常非常想吻她，但是他觉得那对她不尊重，因为她是出生高贵的小姐。所以，他向她承诺不会忘记她。不过他满脑子装的都是要闯世界的念头，五分钟不到就把她忘了。我很欣慰地说，虽然他的脑袋里忘了她，但是心里却没有忘。

于是，他问遍了海里的野兽和天上的鸟儿，但是他们都不知道去发光墙的路。这是为什么呢？因为他所在的地方离北方还远得很。

他遇到了一艘船，这艘船是他所见过的最大的。那是一艘豪华的远洋轮船，拖着长长的烟云尾巴。他很纳闷，它没有船帆怎么能走呢，于是就游过去看。

一大群海豚围着这艘船赛跑，汤姆问他们知不知道去发光墙的路，但是他们都说不知道。然后，他想弄明白这艘船是怎么走的，最后他看见了它的螺旋桨，原来是这个在推动着它航行。

他兴高采烈地在船尾后面玩了一整天，差一点被它的螺旋桨碰掉了鼻子，然后才发觉是时候该走了。

然后，他还观察甲板上的水手，还有戴着软帽、撑着阳伞的女士。但是他们都看不见汤姆，因为他们的眼睛没有打开。其实，世界上大多数人的眼睛都没有打开。

汤姆继续向北游，一天又一天。最后，他遇上了皇带鱼，他的鼻子里长出了一只马梳，嘴里叼着鲱鱼当雪茄。汤姆问他怎么去发光墙，他囫囵吞下嘴里的鲱鱼，说道：“如果我是你呀，小伙子，我就会去孤独石那里问问最后一只大海雀。她是一个非常古老的家族的成员，几乎和我的家族一样古老。她知道很多现在的人所不知道的事情，就像老宅子里的那些夫人常知道许多陈年旧事一样。”

汤姆向他打听去她那儿的路，皇带鱼很友善地告诉了他，因为他是一个彬彬有礼的守旧派老绅士。尽管他长得很难看，打扮得又很奇怪夸张，看上去像个懒洋洋地靠在俱乐部会所窗边的老花花公子。

就当汤姆谢过他，要动身离开的时候，他叫住了汤姆：“嘿！我说，你会飞吗？”

“我从没试过，怎么了？”汤姆问。

“因为，如果你会飞的话，我建议你不要让那个老夫人知道。要记住，再见。”

汤姆离开了。他向西北方向游了七天七夜，来到了一个鳕鱼滩上，那里的景象是他从未见过的。海底躺着成千上万条鳕鱼，他们一天到晚贪婪地吃着海里的贝类动物。上百只大青鲨在海面游来游去，遇见鳕鱼就把他们吃掉。

他们就这样吃呀吃、互相吃，好像开天辟地以来他们就是这个样子。没有人会过来捕捉他们，然后发觉老嘉莉妈妈是多么富有。

就在那里，他找到了最后一只大海雀，她独自站在孤独石上。她是一个大个子老太太，有足足三英尺那么高。她笔直地站着，就像一个古老高地上的女酋长。

她穿着黑天鹅绒长袍，系着白色头巾，穿着白色围裙。她的鼻梁很高，那是高贵血统不容置疑的标志。鼻梁上架着一副白色眼镜，这让她看上去更古怪了。但是，这是她家族的古老风俗。

她没有翅膀，只有两条长着毛的手臂，她拿来当扇子用，还抱怨天气太热了。她一直低声吟唱着一首老歌，那还是很久很久以前，当她还是一只小鸟的时候学的：

两只小鸟，坐石头上，
一个游走，一个留下，
和一位法——啦——啦女士。
另一个也游走，没有一个留下，
留下可怜的石头孤零零的；
和一位法——啦——啦女士。

说鸟是“飞”走的更恰当，而不是“游”走的。但是，因为她不能飞，她就选择这么说。不管怎样，她唱这首歌很合适，因为她自己就是一位女士。

汤姆很小心地走到她跟前，向她鞠了一躬。她开口就问：“你有翅膀吗？你能飞吗？”

“啊，天哪，我可没有，夫人。我连想都不想这事。”机智的小汤姆回答道。

“那我就很乐意和你说话了，亲爱的。如今，能看到没有翅膀的东西，真叫人神清气爽。现在，确实每一种新生的自命不凡的鸟都有翅膀，都会飞。他们向上飞，把自己抬高到不合适的位置，他们又能得到什么呢？在我祖先生活的时代，从来没有鸟想过要一双翅膀，而且没有翅膀也过得很好。他们现在都嘲笑我，因为我保持着旧时候的好风尚。”

她还在没完没了地说，汤姆却想插话打断她。最后，当这位老夫人说话喘不上气了，开始给自己扇风时，汤姆打断了她，问她是否知道去发光墙的路。

“发光墙？谁能比我更了解呢？几千年前，我们都从发光墙过来，那个时候那儿的温度凉爽适宜，气候很适合上流人士居住。但是现在，那里热得要命，还有长翅膀的下等动物在那里飞上飞下，把东西都给吃了。

“这样一来，上流人士的猎物被剥夺了，难以维生。但是他们又不敢离开石头出去冒险，生怕被什么飞着的东西撞上，那些东西一千年以前可是连去一英里以内的地方都不敢，我说到哪里了？

“唉，我们在世界上完全没落了，亲爱的，除了荣誉我们什么都没留下。我是家族里的最后一个。为了避开那些低等动物，我和朋友在年轻的时候就来这里定居了。

“曾经，我们是一个大民族，遍布北部群岛。但是，人类朝我们开枪，敲我们的脑袋，夺走我们的蛋。你相信吗？他们说在拉布拉多海岸，海员们常常把岩石上的大木板架到他们叫做船的东西上，把我们大批大批地往木板上赶，最后我们成堆地摔倒在船舱里。然后，我想，他们吃掉了我们。这些肮脏的家伙！

“好吧，等等，我说到哪了？最后，我们几乎全体覆没，除了在古老的大海雀岛上还有一些。因为那儿靠近冰岛海岸，没有人可以爬上去。但在那里，我们也没法得到安宁。有一天，当我还是个小女孩的时候，突然地动山摇，大海翻滚，天空变得黑压压的，空气中弥漫着烟尘，古老的大海雀岛沉入了海中。小海鸟什么的当然都飞走了，但是我们是骄傲的族群，我们不能那么做。我们有的被撞得粉身碎骨，有的溺水而亡。幸存下来的逃到了埃尔德岛，小海鸟告诉我，他们现在都已经死了。接着，一座新的大海雀岛升起来了，就在老海雀岛旁边。但是那地方很破，又很平坦，住在那里不安全。所以，我就独自一人留在这里了。”

这就是大海雀的故事，听起来可能奇怪，但是每一个字都是真的。

“你们要是有翅膀就好了！”汤姆说，“那样你们也能飞走。”

“是的，年轻人。如果人们能够忘了那些高贵的责任感，他们会发现和那些毫不关心他们的人相处起来，其实是件很容易的事情。唉，如果我忘了那高贵的责任感，我现在就不会是一个人了。”

可怜的老夫人叹气说。

“为什么呢，夫人？”

“唉，亲爱的，我和一位绅士一起过来的，在这里待了一段时间后，他说想和我结婚。事实上，他的确向我求婚了。嗯，不可否认，我那时年轻漂亮，所以我不能怪他。但是，你知道吗，我拒绝考虑他的求婚，因为他曾经是我已故妹妹的丈夫！”

“当然不能考虑了，夫人，”汤姆说，“我想，她是不是患了重病？”

“你不明白，亲爱的。我的意思是，作为一位有尊严和优越感的女士，就像我们家族的人们那样，我觉得我有义务斥责他、唾弃他，那样他才能与我保持合适的距离。说实话，我曾经出手打他太重，可怜的家伙，他往后头摔倒了，从岩石上掉了下去。一条鲨鱼从他身旁经过，看见他要摔下来，便猛地把他咬住。真的太不幸了，但那并不是我的过错。从那以后，我就独自生活了，‘和法——啦——啦女士一起’。

“我马上就要离开了，我的小宝贝，没有人会想念我。然后，这块可怜的石头就独自留下了。”

“但是，请告诉我怎么去发光墙吧？”汤姆问。

“哦，你要走了，我的小宝贝，你要走了。让我想想，我敢肯定，真的，我可怜的老脑袋十分糊涂了。你知道吗，我的小宝贝，我恐怕，如果你想知道，你得去问问那些下贱的鸟儿，因为我已经记不清了。”

接着，可怜的老海雀开始哭了，她的眼泪都是纯油。汤姆很为她难过，也为自己难过，因为他实在是不知道还能问谁了。

就在这时，一群海燕飞了过来，他们是嘉莉妈妈自己的小鸟。汤姆觉得他们要比老海雀女士漂亮许多。也许他们真的更漂亮，因为嘉莉妈妈在发明海燕的时候，比发明大海雀的时候增长了许多新经验。

海燕们像一群黑燕子一样飞掠过去，他们在一个又一个的波峰间跃过、滑过，优雅地抬起身后的小脚，温柔地朝着对方呼唤。汤姆立刻就喜欢上了他们，向他们打听去发光墙的路。

“发光墙？你要去发光墙？那就跟我们一块儿吧，我们给你带路。我们是嘉莉妈妈自己的孩子，她把我们送到大海各处，让我们给好鸟指明回家的路。”他们回答说。

汤姆听了高兴极了，他向大海雀行了个鞠躬礼，便朝他们游去。但是，大海雀并没有回应，只是笔直地站立着，眼睛里流出纯油眼泪，唱着：

留下可怜的石头孤零零的；
和一位法——啦——啦女士。

但是，她是错的，因为石头并不是孤零零的。下一次，汤姆再经过这里的时候，他会看到一幅值得一看的画面。

那只老海雀已经过世了，但是会有更好的事物来取代她的位置。当汤姆过来的时候，他会看见成百上千的小渔船停靠在那里。它们有的从苏格兰来，有的从爱尔兰来，有的从奥克尼群岛来，也有的从设得兰群岛来，还有从北部各港口过来的，船上都是大海的主人古斯堪的纳维亚人的孩子。

渔夫们将撒网捕捞成千上万只大鳕鱼，直到手酸得拉不起渔网才收手。他们要做鳕鱼鱼肝油和鱼肥料，腌制咸鱼。将有一艘军舰来保护他们，有一座灯塔来给他们指路。

你和我，也许有一天会去孤独石，赶上夏季海上大集市。在那里，你可以打捞起从没见过的海生物。那是汤姆下次经过时会看到的景象，你和我也许也会看到。那时，我们不必为弄不到一只大海雀做标本而遗憾。更不必说，像老斯堪的纳维亚人那样，找到足够多的大海雀，然后把他们赶进石头围栏，宰杀他们，或是像老英国和法国海盗那样，把他们都赶上船，装满船舱。

现在，汤姆急着要出发去找发光墙，但是海燕们却说不可以，他们要先去大鸟岛。在夏季，所有的鸟都去遥远的北部群岛繁殖地，在那之前，他们要在大鸟岛进行大集合。海燕要在那里等他们，找到要去发光墙的鸟儿。

但是，至于大鸟岛在哪里，汤姆要保证不告诉别人。不然，人们会去那里，用枪打鸟，把他们留作标本，再放进愚蠢的博物馆。那样，他们就不能在嘉莉妈妈的水花园里玩耍、繁殖和干活儿了。那儿才是他们应该待的地方。所以，大鸟岛在哪儿，谁也不能知道。关于这个，我只能告诉你，汤姆在那里等了很多天。

过了一会儿，鸟儿们开始在大鸟岛集聚了，成千上万只鸟儿，黑压压的一片：有天鹅、黑雁、秋沙鸭和斑头秋沙鸭、潜水鸟和小海鸟、海雀和剃刀嘴鸟、塘鹅和海燕、贼鸥和燕鸥，还有各种各样叫不出名字、数不出数量的海鸥。

他们划着水、洗着身子、溅起水花，在沙滩上梳头、刷洗身体，直到最后海岸上全是白花花的羽毛。他们嘎嘎嘎嘎、咯咯咯咯、七嘴八舌、喋喋不休地讲个没完没了。他们跟朋友聊天，说自己夏天去了哪儿，在哪儿生孩子。这一大片声音，十里开外的地方都能听到。

接着，海燕问鸟儿们，看有没有谁愿意带汤姆去发光墙。但是他们当中，这个准备去萨瑟兰群岛①，那个要去设得兰群岛②，有的要去挪威，有的想去尔根群岛③，还有的去冰岛、去格陵兰岛，就是没有人要去发光墙。所以，善良的海燕说他们可以带汤姆走一段

---

① 萨瑟兰群岛：苏格兰最西北端的一个县。
② 设得兰群岛：位于不列颠群岛最北部，南距苏格兰 209 公里。
③ 尔根群岛：北冰洋的一组群岛。

路，但最远只能到扬马延岛[1]，剩下的路得靠他自己走了。

于是，所有鸟儿都飞了起来，排成一条长长的、黑压压的队伍，时而向北、时而向东北、时而朝西北，穿过夏日明亮的蓝天，开始了漫长的旅途。他们的叫声就像是一万只猎犬和一万组编钟一同发出来的声响。

只有海鹦留了下来，他们杀死了小兔子，把蛋下在了兔子洞里。这么做当然很野蛮，但是，人们也不妨回头看看自己是怎么做的。

海燕们带着汤姆朝东北方向飞去的时候，开始刮起了大风。原来，有一个身穿灰色大衣的老绅士在墨西哥湾照看大铜炉，他的工作进度落后了。于是，嘉莉妈妈给他发了一个电讯，跟他要更多的蒸汽。

现在，蒸汽来了，一小时里就送来了原本一个星期才有的蒸汽。噗噗噗、呼呼呼、嗖嗖嗖、飒飒飒，弄得你都分不清哪里是天、哪里是海了。

但是，汤姆和海燕可不在意，因为他们把风都抛在了脑后，他们从巨浪的波峰上掠过，像许多飞鱼一样欢快地飞行。

最后，他们看见了一幅悲凉的画面：一艘巨轮的黑色船舷浸在海水的浪槽里。它的烟囱和船杆都浸在水里，在它的背风面摇摆起伏。它的甲板被冲刷得什么也没有了，像谷仓的地板一样干净，船上已经没有任何活的东西了。

海燕朝船飞去，绕着它飞着，哀哭着，因为他们真的非常难过。同时，他们也想找一点咸猪肉吃。汤姆爬到船的甲板上，四处张望着，非常害怕，非常难过。

在那里，在舷墙下面紧紧绑着一个儿童吊床，上面躺着一个熟

① 扬马延岛：位于北冰洋的格陵兰海。

睡的婴儿。汤姆曾经看过他，他就是那个躺在唱歌的女士怀中的婴儿。

汤姆走过去，想把他叫醒。但是，你看！小吊床下面跳出来了一只小黑狗，向汤姆吠叫着，冲过来咬他，不让他碰这个小床。

汤姆知道这只狗的牙齿伤不着自己，但是至少可以把自己推开，赶他走。他和狗互掐起来，因为他想帮助这个婴儿，但又不想把可怜的狗扔到海里。

正在他们相持不下的时候，一个绿色的大海浪越过迎风舷打了过来，把他们全都卷进了大海。

"啊，那孩子，那孩子！"汤姆尖叫道。但是接着，他就不叫了，因为他看见那吊床落在了绿色的海浪上，婴儿在上面酣甜地熟睡着。他看见仙女们从下面上来，把婴儿抱起，放在她们软软的手臂上。这时，汤姆知道一切都相安无事了。在圣布伦丹岛上，又会有一个新的水孩子。

那条可怜的小狗呢？唉，他被水呛到了，咳了几下，喷嚏打得厉害，把自己的皮都打掉了下来，变成了一条水狗。他跳过来，在汤姆身旁舞蹈，在波浪的波峰上奔跑，咬着海蜇和鲭鱼，一路上跟着汤姆来到了世外仙境。

他们又接着走，终于，他们看到了扬马延岛的山峰，它像白色的棒棒糖一样竖立着，高出云层两英里。

他们在那里碰到了一大群莫莉鸟①，他们正在啄食一条死鲸鱼。"接下来，这些家伙会给你带路，"嘉莉妈妈的孩子说，"我们不能带你去更北的地方了，我们不喜欢到大片浮冰中间去，害怕它们会冻坏我们的脚趾头。但是，莫莉鸟敢带你们去任何地方。"

所以，海燕们叫住莫莉鸟。但是他们正忙着呢，他们围着鲸鱼

---

① 莫莉鸟：一种大海燕。

的肥肉，有的狼吞虎咽地吃，有的在一旁窥视，他们互相打骂着，水花四溅，根本顾不上搭理海燕。

“过来，过来，”海燕说，“你们这些贪婪的懒大个儿，这位年轻的绅士要去嘉莉妈妈那儿，你们要是不照顾他，嘉莉妈妈是不会放过你们的，你们知道的。”

“我们是贪婪，”一只肥大的老莫莉鸟说，“但是我们并不懒，至于说我们是傻大个呢，你们可不比我们好多少。让我们看看这个家伙吧。”

他径直飞到了汤姆跟前，厚颜无耻地盯着他看①。然后，他问汤姆是从哪来的，最近见过什么陆地。

听到汤姆的回答以后，他看上去很开心，说他跑这么远来到这里，真是个有胆量的家伙。

“快过来，伙计们，”他对其余的莫莉鸟说，“看在嘉莉妈妈的份上，我们把这个小家伙抛到浮冰的另一边去吧。我们今天吃得够多了，那就稍微抽点时间帮帮这个小伙子吧。”

于是，莫莉鸟们把汤姆背了起来，笑着、闹着，带着他飞走了。啊，他们身上都是一股鲸鱼油的味儿！

“你们是谁，你们这些快活的小鸟？”汤姆问。

“我们是老格陵兰船长的灵魂，每一个海员都知道我们。几百年前，我们在这里捕捉露脊鲸和马头鲸。但是，由于我们太莽撞、太贪婪了，我们都被变成了莫莉鸟，成天就吃着死鲸鱼肉。但是，我们不是傻大个儿。如今，我们可以驾着船和北方海域来的任何海员一比高下，虽然我们不喜欢那种新式蒸汽船。海燕那样称呼我们可真是一种羞辱，那些黑色的恶魔。他们仗着自己是嘉莉妈妈的宠儿，就随便乱说。”

---

① 所有的捕鲸者都知道，莫莉鸟可都是些厚脸皮的家伙。

"那你是谁?"汤姆问他,因为他看上去像鸟中之王。

"我的名字叫亨德里·哈德逊,我可是个好队长。不管我做了什么,我的名字都将与世界永存。因为,是我发现了哈德逊河[1],我给它取名为哈德逊海湾。"

这时,他们来到了浮冰的边缘。透过雾气、雪花和暴雨,他们隐约地看见了发光墙。但是,那些巨大的浮冰相互碰撞着、怒吼着、挤压着,被撞击得粉碎。汤姆不敢跑去它们中间冒险,不然他也会被撞得粉碎。

当汤姆看见浮冰中间还漂浮着巨轮的残骸时,他更加害怕了。有一些船杆和帆桁还竖在那儿,还有些船上的海员冻成了冰人,牢牢地凝结在甲板上。啊！上帝保佑他们！他们可是真正的热血男儿,为了寻找那一扇永远都打不开的白色大门,他们像伟大的骑士一样牺牲了。

善良的莫莉鸟把汤姆和他的小狗背起,带着他们安全地飞过浮冰,飞过那咆哮着的冰巨人,在发光墙的墙脚处把他们放下。

"门在哪里呢?"汤姆问。

"这里没有门。"莫莉鸟回答。

"没有门?"汤姆惊讶地叫道。

"没有,连门缝都没有。整个墙的秘密就在这里。小伙子,那些比你强的家伙吃尽了苦头,也是一无所获。如果有门的话,那他们早就进去,把墙那边的好鲸鱼杀光了。"

"那我接下来该怎么办?"

"沉入浮冰下面去,这是肯定的,如果你有胆量。"

"我都跑了这么远,现在没有理由回头,"汤姆说,"我这就一头下去。"

---

① 哈德逊河:位于纽约州的东部。

"祝你一路顺利，伙计，"莫莉鸟说，"我们知道你是个好家伙，再见。"

"你为什么不和我一起？"汤姆问。

莫莉鸟只是悲伤地哭了起来，说道："我们还不能去，我们还不能去。"于是，他们往浮冰那一边飞走了。

汤姆在那个从未打开的白色大门下潜水而去。海底下漆黑一片，汤姆游了七天七夜。他现在一点也不害怕。为什么要害怕呢？他可是个勇敢的男子汉，他立志要出去看看这整个世界。

最后，他看见了一束光，头顶上的水变得特别清澈。他往上游了一千英尺，从海底升了上来。他的脑袋周围飘着海蛾形状的云朵。海蛾有着粉色的脑袋、粉色的翅膀和乳白色的身子，他们慢慢地拍打着翅膀。有快速拍打棕色翅膀的海蛾。还有黄色的海虾，跳来跳去的，那速度比谁都快。还有各种颜色的海蜇，他们既不蹦也不跳，只是在那儿闲荡着，打着哈欠，不愿意给汤姆让路。

小狗对他们一个劲地乱咬，咬到嘴酸了才松口。但是汤姆对他们却一点也不在意，他急着想要游到水面上去，想看看好鲸鱼的水池。

这是一个很大的水池，方圆有许多英里。但是，这里的空气太清新了，对面的冰崖看上去就像在眼前一样。围绕在水池周边的都是高耸的冰崖，上面还有冰墙、尖塔、城垛、洞穴、拱桥、楼宇和长廊，那是冰山仙女们住的地方。她们在那里驱赶风暴和乌云，好让嘉莉妈妈的水池一年四季都保持安静。

太阳警官每天都会四处巡逻，站在冰城墙的顶上窥视，以确保一切正常。他时不时地变个魔术，或是放个烟花，把冰山仙女们逗得乐呵呵。因为，他可以一下子变出四五个太阳，或是用白火在天空中画上圆环、十字和月牙。而他自己就站在中间，向仙女们眨眼睛。我敢说，她们一定很开心，因为这个国度里的一切都令人愉快。

在静谧的、像油一样的海面上，有好鲸鱼躺在那里。他们是一群幸福酣睡的动物。你要知道，他们都是一些好脾气的鲸鱼：长须鲸、剃刀鲸、槌鲸，还有身上长着斑点、有着乳白色长角的海中独角兽。但是，抹香鲸可是十分粗暴、吵闹的家伙，如果嘉莉妈妈让他们进来的话，那么平静的池子就再无平静可言了。所以，她把他们单独关在南极的一个大水池里。那个水池在艾里伯斯山的南偏东方向二百六十三英里处，艾里伯斯山可是冰雪世界里的大火山。在那里，他们用自己丑陋的鼻子互相撞击对方，年复一年，日复一日。

和平池里只有好的、安静的动物。他们躺在那里，就像单桅帆船的黑色船体外壳，时不时地喷出白色的蒸汽；或是张着巨大的嘴巴，像船一样游来游去，等着海蛾游进他们的嘴巴里。那里没有长尾鲨，不会拍打到他们的背脊；没有剑鱼，不会刺伤他们的肚子；没有锯子鱼，不会把他们割裂；没有捕鱼者，不会用渔叉刺死他们。他们在那里十分安全、十分愉快。他们要做的，就是在池子里平静地等待，等待嘉莉妈妈召唤他们，把他们从旧动物变成新动物。

汤姆游到最近的那只鲸鱼身边，向他打听去嘉莉妈妈那儿的路。

“中间坐着的就是她。”鲸鱼说。

汤姆看了看，可是池子中间什么也没有看到，除了一座高耸的冰山。他就这样对鲸鱼说了。

“那个就是嘉莉妈妈，”鲸鱼说，“你走近一些，就会发现她的。她一年到头就坐在那里，把旧动物变成新动物。”

“她是怎么变的呢？”

“那是她的事，我也不知道。”老鲸鱼回答。他张开大嘴，打了个哈欠。由于他的嘴太大了，一下子就游进去了九百四十三只海蛾，一万三千八百四十六只针头那么大的海蜇，九英尺长的锤囊虫串和四十三只小冰蟹。

那些小冰蟹们都朝对方夹了一下作为最后的道别，还把小腿缩在肚子下面，决心要像尤利乌斯·凯撒[①]一样，死也要死得体面些。

“我想，”汤姆说，“她大概是把像你这么大的鲸鱼切碎，然后再变出一大群海豚的吧？”

听到这话，老鲸鱼忍不住地哈哈大笑，把嘴里的所有小动物都咳了出来。这一来，他们都逃过了葬身鲸鱼之腹的劫难，因此感到庆幸极了，都赶紧逃命。

汤姆带着一肚子的疑惑朝冰山游去。

他到冰山前抬头一看，冰山变成了一位老太太，他从未见过这么庄严的夫人。那是一个白色大理石制成的女士，她坐在白色的大理石宝座上。成千上万的新生动物不断地从宝座下面游出来，游向大海。他们形状各异，五光十色，这是汤姆做梦都想不到的。他们都是嘉莉妈妈的孩子，是她每天不断用海水造出来的。

当然，人长大以后就会懂得更多。所以，汤姆心想，他会看见她在裁剪、穿洞、装配、缝合、修补、涂色、锉、刨平、捶打、磨光、浇铸、测量、凿切、剪裁等等，就像人们动手制造产品时的样子。

但是，她只是静静地坐着，用手托着下巴，两只大大的、深邃的、像海水一样湛蓝的眼睛俯视着大海。她的头发白如雪花，因为她已经很老很老了，事实上，她和你可能碰上的任何古老的事物一样老，只剩下是非对错之间的差别比她古老了。

她看见了汤姆，非常仁慈地看着他。

“你想要些什么，小家伙？我好久没在这里见过水孩子了。”

---

① 尤利乌斯·凯撒：古罗马第一个皇帝，罗马共和国末期杰出的军事统帅、政治家。

汤姆把他的使命告诉了她，并询问她去世外仙境的路。

“你自己应该知道，因为你已经到过那儿。”

“我到过，夫人？我肯定都忘记了。”

“那你看着我。”

于是，当汤姆看着她那双蓝色的大眼睛时，立刻就清楚地记起来了。

这是不是很奇怪呢？

“谢谢您，夫人，”汤姆说，“那我就不再打扰夫人您了，我听说您很忙。”

“我从来没有像现在这么忙过。”她说道，可是她连指头都不动一下。

“我听说，夫人，您一直在用旧动物制造新动物。”

“那是别人想象的。我不会麻烦自己去制造东西的，我的小宝贝。我坐在这里，让他们自己造自己。”

“她真是个聪明的仙女。”汤姆心想。是的，他想的一点没错。

这是老嘉莉妈妈最伟大的法术，她曾经有那么几次在傲慢无礼的人身上使用过这种法术。

比如，有一次，一个聪明的仙女发现了怎么制造蝴蝶。我说的不是那种假蝴蝶，而是真的活蝴蝶，他们会飞、会吃、会产卵，会做一切蝴蝶该做的事情。

她对自己的技能感到非常骄傲，想径直飞到北极去，向嘉莉妈妈吹嘘自己是如何制造蝴蝶的。但是，嘉莉妈妈只是笑了笑。

“要知道，傻孩子，”她说，“只要他们愿意花时间、不怕麻烦，任何人都可以制造东西。但是，并不是每个人都能像我一样，让他们自己造自己。”

人们并不相信嘉莉妈妈有这么聪明，如果不去世外仙境看一看，他们是不会相信的。

“现在，我可爱的小家伙，”嘉莉妈妈说，“你确定知道怎么去世外仙境吗？”

汤姆想了想，瞧，他已经彻底忘记了。

“那是因为你的目光离开了我的视线。”

汤姆又看了看她，想了起来。可当他把眼睛挪开，瞬间又给忘记了。

“那我该怎么办呢，夫人？我去别的地方的话，就不能一直看着您了。”

“你必须靠自己的力量，就像大多数人做的那样。你看看那只狗，他对那条路很熟悉，而且不会忘记。另外，你可能会遇上一些脾气很古怪的家伙，他们不会让你通过的，除非你有我的通行证。你要把它挂在脖子上，好好保管。当然，因为这只狗总是会跟在你后头，所以你一路上必须倒着走。”

“倒着走！”汤姆叫道，“那我就看不见自己的路了。”

“完全相反，你如果朝前看，就看不见前方的路，一定会走错。但是，如果你倒着走，仔细地看着身边经过的事物，特别是要看着这只狗，因为它是凭直觉走的，不会有错。然后，下面的路你就十分清楚了，就像从镜子里看到的一样。”

汤姆大吃一惊，但是他不得不听她的话。因为，他已经学会了要一直相信仙女说的话。

“就是这样，我的小可爱，”嘉莉妈妈说，“我给你讲个故事，这样你就会知道我是完全正确的，用故事来说明道理是我的习惯。

“从前，有一对兄弟，一个叫普罗米修斯①，他叫这个名字因为他总是朝前看，也爱吹嘘自己有先知先觉的能力。另外一个叫厄

① 普罗米修斯：在希腊神话中，是最具智慧的神明之一，最早的泰坦巨神后代，名字有“先见之明”的意思。

庇米修斯①，取这个名字是因为他总是往后看，而且从来不吹嘘自己。他只是很谦虚地说，自己能很快地后知后觉。

“是的，普罗米修斯的确是个很聪明的家伙，他能发明各种有趣的动物。但是，不幸的是，发明出来的动物被派去工作时，他们都不情愿做。所以，他们几乎派不上什么用场。现在，他们当中几乎没有哪一种留了下来，也没有人知道他们。

“当然，厄庇米修斯是个后知后觉的家伙，他与傻子、笨蛋、胆小鬼、慢性子等等之类的人为伍。许多年过去了，他几乎没做什么。但是，他做过的东西从来不用再返工。

“结果怎么样呢？有一天，兄弟俩跟前来了一位美丽的女子，她的美丽是他们都不曾见过的。她名叫潘多拉，意思是‘神赐的礼物’。但是，由于她的手上有一个奇怪的盒子，一向先知先觉的普罗米修斯预测到了接下来会发生的事，就不愿意理睬潘多拉和她的盒子。但是，厄庇米修斯接受了她和她的盒子，和她结婚。不管将来是好还是坏，准备接受一切后果。

“他们把盒子放在两人中间，把它打开，想看看里面到底是什么。因为，除此之外，这个盒子对他们来说还有什么用途呢？

“从盒子里飞出来的是一切疾病，它们浸入了人的肉体。所有的孩子都被四大鬼怪缠身，它们分别是任性、无知、恐惧和肮脏。更糟糕的是，还有淘气的小男孩和小姑娘。但是，盒子里还有一样东西，那就是希望。

“所以，就像世界上的大多数人一样，厄庇米修斯遇上了很多麻烦事。但是，他得到了世界上最好的三样东西：好妻子、经验和希望。而普罗米修斯也遇上了很多麻烦，比你听过的还要多。他

① 厄庇米修斯：普罗米修斯的弟弟，是只有短见、事后聪明的“后思”之神。因为不听哥哥劝告，与神造出来的美女潘多拉结婚，给人间带来数不清的祸害、疾病、不幸和死亡。本书作者的说法和希腊神话中的说法稍有不同。

自己还制造了许多麻烦，像蜘蛛从肚子里织出蜘蛛网一样，他从自己的脑子里织出了幻想，而且一无所有。

“普罗米修斯一直看着自己遥远的前方，他有一个火柴盒，那是他发明的唯一有用的东西。但是有多大用处就会有多大害处。他拿着火柴盒奔跑，踩着了自己的鼻子，摔倒了。这样一来，他把泰晤士河[1]点燃了，这火烧到现在都没被扑灭。所以，他被一条铁链拴在山顶。只要他一动，一只秃鹰就会去啄他，以免他用自己的预言和理论把整个世界弄颠倒。

“在妻子潘多拉的帮助下，老厄庇米修斯继续不辞辛劳地工作。他总是往身后看看发生过什么，最后，他竟然时不时地能预测接下来会发生什么。他很清楚自己的利益所在，懂得应该采取什么样的行动。他开始制作派得上用场的东西，并且继续工作。他耕作土地，又给土地排水，制作织布机、轮船、铁路、蒸汽犁、电报和一切你能在大型博览会上看到的东西。他可以预知饥荒、坏天气和股票价格。最难得的是，他还能预测公众舆论。

“最后，他变得和犹太人一样富有，像农场主一样富态。人们想要干涉他，必须三思而后行。但想要找他帮忙，尽管开口就好。因为，他善于挣钱，也善于花钱。

“他的孩子成为了科学家，得到了一份稳定的好工作。但是，普罗米修斯的孩子却成为了理论家，成为了顽固、吵吵闹闹、夸夸其谈的人，他告诉愚蠢的人会发生什么，但却不会回头看看已经发生过什么。”

好了，嘉莉妈妈的这个故事是不是很精彩呢？我很开心，汤姆对这个故事里的每个字都坚信不疑。因为在汤姆身上也发生了这样的事。

---

① 泰晤士河：英国著名的“母亲”河，发源于英格兰的西南部，全长 346 公里。

汤姆累坏了，小狗紧跟在汤姆身后，更确切地说，是在他的脚趾头前面，因为他不得不倒着走。他可以清楚地看见小狗是怎么走的。但是，倒着走可比顺着走慢许多，所以他很努力地走着，不一会儿就走出了平静的池子。

我很自豪地说，汤姆尽管没有在剑桥读过书，但他是个顽强、努力、直率、勇敢的小男孩。从和平池到世外仙境的路上，他始终没有转过头去，而是一直盯着小狗看，只凭他辨别气味摸索道路。他不管天气冷热，不顾道路曲直，不问气候干湿，上高山下溪谷，一路上都没有走错方向。他还看见了迄今为止凡人连想都想不到的美妙景象，我在下一章节会为你介绍。

第八章

在去世外仙境的路上，汤姆遇到了许许多多奇妙的事情。现在要讲到故事的第九百九十九个部分了。

这些内容可是所有好孩子都要读的。他们很有可能会去世外仙境，所以事先了解一下情况是很有必要的。有朝一日，他们真去了那里，就不至于一会儿笑出眼泪，一会儿吓得跑掉；就不至于做一些蠢事而冒犯了惩恶仙女。

汤姆一离开和平池，就来到了伟大的海洋母亲的裙兜里。她有一万英尺深。她整天就在那里制造世界的熔浆，然后让蒸汽巨人去揉捏，让火焰巨人去烘烤。最后熔浆就升上来、变坚硬，成为一座座面包山和饼岛。

在那里，汤姆差一点也被搅进世界的熔浆里一起揉捏，变成水孩子的化石。要是那样的话，几十万年以后，这一定会让新西兰地质学家大吃一惊的。

那时，汤姆正踩在柔软的白色海底，迎着大海静谧的曙光走着。他听见一阵阵嘶嘶、呼呼、砰砰、哗哗的声音传来，就像全世界的蒸汽机一起发动了一样。

当他再往前走时，海水开始沸腾了，这并没有伤到他一根毫毛。只是，海水变得和粥一样黏糊，他时不时就被死海贝、死鱼、死鲨鱼、死海豹和死鲸鱼这些东西绊倒。他们都是被滚烫的海水烫死的。

最后，他在海底撞上了一条已经死去的大海蛇，他就躺在海底。可是他的身体太庞大了，汤姆爬不过他，就只好多绕了一些路。很遗憾，这样一来，他就偏离了自己的路线。

而当他回到原来的路线上时，他来到了一个叫"止步"的地方，他便停了下来。还好他停得及时，因为他正站在一个海底深洞的边缘。深洞中有水蒸气从底下喷出，这些气足以同时发动世界上所有的引擎。

这些水蒸气十分清澈，连海底也变得清澈起来。汤姆向上看，几乎可以看到海面；但是向下看，这个洞有多深，没有人知道。

他刚刚弯下腰，从洞边探下脑袋往洞里看，鼻子就被从里面喷出来的石子砸了个正着，他又一下子跳了回去。那是因为，水蒸气往上喷的时候，把洞壁冲坏了，把它们都卷了上来。海水中形成了泥浆、砂石和灰烬一同喷射的景象。

它们还向四周扩散开来，然后又沉了下去，很快就把死鱼盖住了。汤姆站在那里还不到五分钟，淤泥就已经埋到了脚踝处。他真担心自己会被活埋。

也许他真的会被活埋，但是当他正想到这个时，脚下的地面被撕破了，向上掀了起来。汤姆被弹上去，升了一英里高。当时，他真不知道接下来等待自己的会是什么。

最后，他终于停住了。砰！他发现自己紧紧地缠在一些腿的中间，它们是一个海怪的腿，他从来没有见过这样的怪物。

我不知道这海怪有多少个翅膀，它们像风车的叶片一样大，和风车的叶片一样张开形成一个圆。因为有这些翅膀，他可以在喷出的水蒸气上方翱翔，像一个在喷泉上方翻滚的球。

他的每一个翅膀下都有一条腿，每条腿的尖端都长着一只像梳子一样的爪子，每只爪子的根部都有一个鼻孔。他的中间没有肚子，只有一只眼睛。至于他的嘴巴，他的许多嘴巴都长在一边。是的，他还真是一个十分奇怪的海兽。不过，比起你可能见过的其他动物，他也奇怪不到哪去。

"你想干什么，"他十分暴躁地叫道，"干吗挡我的路？"他试图把汤姆甩下来，但是汤姆紧紧地抓住他的爪子不放，因为他觉得那样会安全一些。

接着，汤姆告诉他自己是谁，他的使命是什么。那东西眨着独眼，冷笑道："我这把年纪了，你休想骗过我。我知道，你来这里是为了金子。"

"金子！金子是什么？"

汤姆真的不知道那是什么，但是多疑的老海怪就是不相信他。

过了一会儿，汤姆开始有些明白了。那是因为，蒸汽从洞里往上喷，海兽用他的鼻孔去嗅，用他的许多像梳子一样的爪子去梳理和分类。分门别类后的蒸汽往上冲，碰到他的那些翅膀时，就变成了金属，像大雨一样落下来。

他的一只翅膀落的是金雨，一只翅膀落的是银雨，另一只是铜雨，再一只是锡雨，还有一只是铅雨，等等。它们都落入柔软的泥土中，落入矿脉和岩缝中，在那里凝固下来。这就是岩石中间有许多金属的原因。

突然，有人把蒸汽关掉了，深洞顿时变得空空的。接着，水很快被倒流进洞里，形成了一个大漩涡，弄得海怪在上面团团转，他转得像一个陀螺。不过，这对他来说可是家常便饭，就像骑马打猎一样，哪有不摔跤的道理。

他就像什么也没发生一样，只是对汤姆说："现在是时候了，小伙子。如果你想下去的话，那就跳下去吧，不过我才不信你会跳。"

“你马上就会看见的。”汤姆说完，便纵身一跳，像德国冒险家巴龙·曼乔森一样勇敢。他像箭一样射向那道急流，真像波里索戴尔瀑布里的一条鲑鱼。

当到达洞底后，他不停地游啊游。最后，他被安全地冲上世外仙境的岸边。他很吃惊地发现，事情并不是自己想象的那样，这个地方和大千世界倒很像。大多数人都会这么认为的。

首先，他经过的地方是废纸国。在那里，无聊的书一堆又一堆，到处都是，就像是冬天树林里遍地的落叶一样。他看见人们在书堆中又挖又刨，想从坏书中编出更坏的书来。

他们打的是谷糠，留下来的却是灰尘。奇怪的是，他们的生意却做得红红火火，在孩子中间特别有市场。

接着他来到了污水海。沿着海边走着，他又来到了垃圾山和废食地。那里的地面黏糊糊的，因为那是用坏奶糖做的，当然不是埃弗顿太妃糖。

地上到处都是深缝和洞穴，里面塞满了风吹落的烂果子、青醋栗、黑刺李、山楂果等等一切不好的东西。小孩子够得着它们的话，就会吃下去。但是，那个国家的仙女们只要一看到它们，就会以最快的速度把它们藏起来。这都是特别辛苦的工作，但却没什么效果。因为，她们藏旧残渣的速度有多快，那些愚蠢又邪恶的人制造新残渣的速度就有多快。

他们在那些东西上涂满石灰和有毒的颜料，而且竟然从科学老夫人的大书里偷出配方，发明出给孩子们吃的有毒食物，在集市和糖果店里出售。

那好吧，让他们接着干吧。拿着桦木棒的仙女会及时地捉住他们，逼着他们从自己商店的这一角吃到那一角，全都吃下去，让他们肚子疼。这可是治愈他们毒害孩子的毛病的好方法。

然后，他又看到了世界上的所有小矮人。他们在写世界上所有的小人书，书里的内容是关于所有小矮人的，大概是因为他们那儿没有大人可以写。书的名字不是“吱吱叫”，就是“抽水机里的打火机”，或是“狭小狭小的世界”，要不就是“唠叨个没完的小山包”，再不然就是“孩子们的废话日”等等，总之就是这一类的名字。

这个世界里的其他小矮人都读这些书，还把他们自己想得和总统一样了不起。也许他们是对的，因为自己的事情自己最清楚。但是汤姆却不读那些书，他宁愿看一本写杀手杰克，或是写美女与野兽的童话故事，从那些书里他可以学到一些他不知道的东西。

接着他来到了发明中心，当地人叫它“中枢”。它坐落在北纬42.21度、东经108.56度的地方。

然后，汤姆又来到了普鲁普拉格莫辛岛，也有人叫它为“无赖海湾”。但是他们这么叫是错的，因为它位于布拉母希尔灌木丛的中央，而且郡里的警察很久以前就对它进行过清剿。

在那里，每个人都对别人的事情了如指掌。所有的居民都按照职务，待在“人类议会和世界联盟”房子的外面，扭歪了嘴，叫嚷说仙女的葡萄是酸的。想一想就知道，那是一个十分吵闹的地方。

汤姆还在那里看到了犁拉马、钉子敲锤子、鸟巢掏孩子、书籍写作者、公牛开瓷器店、猴子替猫刮胡子、死狗训练活狮子等等。总之，每个人都做自己不会的事情，因为，在自己会做的或者假装会做的事情上，他们都失败了。

当汤姆来到小镇中央时，所有的人都立刻围了上来，给他指路，或者不如说是指出他不认识的路。因为，他们都不问问他想去哪里，就乱指一通。对于这个，他们可不在乎呢。

一个人把他推向那里，另一个人把他拱向这边，还有人叫着：

“你不能往西走，我告诉你，往西走会倒霉的。”

“可我并没有往西走啊。”汤姆说。

另一个人说：“东边在这个方向，亲爱的，我向你保证这是东。”

“但是，我也不想去东边啊。”汤姆说。

“好吧，那么，不管你往哪走，你都会走错。”他们异口同声地叫道，这可是他们唯一观点一致的地方。他们同时指着罗盘上的三十二个点，弄得汤姆以为英国所有的路标都跑到一块儿，打起架来。

汤姆的小狗发觉那些人快要把自己的主人撕成碎片了，就非常凶狠地扑上去咬他们的腿，不然，汤姆还不知道能不能脱身逃离小镇呢。这一咬啊，弄得他们不得不停下来看看自己受伤的腿。趁他们揉自己被小狗咬伤的小腿的空当，汤姆和小狗安全地离开了。

在岛的边缘，汤姆发现了传说中的愚人村，那是聪明人生活的地方。他们因为月亮落在池子里，便去挖池塘。他们为了四季如春，就围着布谷鸟种了一圈树篱。他们用砖头把小镇的大门堵了起来，因为它实在是太宽了，小个子的人都走不过去。汤姆接着往前走，因为那和他无关。但他忍不住嘀咕道，在他的国家，如果小猫进不了大猫的洞，那就只能在外面待着喵喵叫了。

当他来到金驴岛的时候，他看到了那些家伙的结局。岛上什么也没有了，只有遍地的蓟草在生长。那里的人都变成了耳朵有一码长的驴子，就像《木偶奇遇记》①里的坏蛋卢克斯一样。谁让他们瞎掺和自己不懂的事情呢。他们像卢克斯一样，要遵循自然发展的规律，等到蓟草变成了玫瑰，他们才会变回来。在恢复正常之前，他们只能用这样的想法来安慰自己：耳朵越长，皮越厚，一顿好打也伤不着自己。

然后，汤姆来到了一个叫“谣言大地”的地方，那个地方有不少于三十几个国王，还有六七个公民。也许，下一次来的时候，会有

---

①《木偶奇遇记》：意大利作家写的童话小说。

更多的公民。

他在那里陷入了一场深刻、黑暗、致命、毁灭性的战争。战争的一方是王子们和站在他们一边的君主，那么对立方是谁呢？有一点我确信，我要是不告诉你，你是猜不着的。他们的战争是单方面的，他们所有的军事战略和战术都是由安全而简单的过程组成，那就是他们捂住耳朵，大叫着：“啊，别告诉我们！”说完，撒腿就跑。

所以，当汤姆来到金驴岛的时候，他看到了所有的人，不论高矮，不分男女老少，都整天没日没夜地逃命，乞求别人不要把他们不知道的事情告诉他们。

不过，这个国家是一个岛国，这个岛的环境和我们居住的星球一模一样。他们讨厌那里的水，大部分的水都是腐臭的。他们只能沿着海岸不停地跑啊跑，这可是一个苦差事，特别是对那些有其他事务要照管的人来说。

在他们后面，日夜奔跑着一个模样可怜、身材干瘦、衣衫褴褛、工作辛苦的老巨人。这样的一位老先生本应该得到悉心照顾，给他一顿好饭，找一个好妻子，和孩子们一块玩耍。那样的话，他才会是一个十分体面的老家伙。其实，尽管他的大脑过度发达，他也是一个有情感的人。

他闻上去有很重的酒味，虽然除了水，他什么也不喝。但是不能否认，他确实沾碰过酒精。他的鼻子上架着一副大眼镜。奇怪的是，他并不是正面朝前跑，而是倒着跑，跑得很快。

岛上所有的人看见他就跑，除了汤姆。汤姆只是站着，移动着两条腿。左右闪躲。那个巨人经过汤姆的时候，俯视着他，一副很开心惬意的样子，叫着：“嘿！你是谁？你怎么不像别人一样逃跑？”

汤姆注意到，他把眼镜拿了下来，想仔细地打量自己一番。

汤姆告诉他自己是谁，那个巨人立刻掏出一个瓶子和软木塞，想把汤姆装进去收集起来。

但是，汤姆可是很机智的孩子，他一个躲闪，跑到了巨人的前面，然后巨人就再也找不着他了。

“不、不、不！”汤姆说，“我走遍世界，长途跋涉，还到了嘉莉妈妈的安息地，现在怎么能被像你这样的老巨人捉住，取一个像海参或是乌贼之类的名字，装在瓶子中呢？”

当巨人明白过来，知道汤姆是个多么伟大的旅行家时，他便立即收手。他多么希望可以把汤姆一直留在身边，听他讲自己不知道的事情，那该是多么奇妙的一件事啊。

“啊，你真是个幸运的小家伙！”巨人最后说。他是个很实在的人。

他是曾经无意将世界倒了个个儿的巨人中最单纯、最和蔼、最实在、最善良的了。

“啊，你这个幸运的小家伙！我要是也去过你所去过的地方，看过你所看过的东西，那该有多好啊！”

“嗯，”汤姆说，“如果你想那样，就最好把脑袋放进水里，像我当初那样。几个小时后，你就会变成水孩子或是其他孩子，那样你就有机会了。”

“啊？变成水孩子？如果我能那样做，并且有一小时的时间知道自己身上发生了什么，我就能知道一切，就可以歇歇了。但是我不能，我不能再变成一个孩子。就算可以，那也没什么用处，因为那样一来，我就不知道自己身上到底发生什么了。啊，你这个幸运的小家伙！”可怜的老巨人说。

“可是，你为什么要追着那些可怜的人们跑呢？”汤姆问，他现在已经很喜欢这位老巨人了。

“亲爱的，那是他们追着我跑啊，子子孙孙都在追我，追了好几百年了。他们拿石头砸我，我的眼镜都被砸坏了五十次。他们转着圈追我，但是他们捉不到我。因为每一次我跑到原点后，我就跑得比上一次更快，变得比上一次更高大。其实，我只是想做他们的朋友，告诉他们一些对他们有利的事情，只是他们太奇怪了，他们害怕听这些。我想，我和他们不是一个世界的，我没有办法解决。”

“那你为什么不反过来跑，再告诉他们呢？”

“因为我不能。你要知道，我是厄庇米修斯的儿子，我要跑的话，只能倒着跑。”

“那你为什么不停下来，让他们追上你呢？”

“唉，亲爱的，你想想，如果我那么做了，所有的蝴蝶和虫子都会飞走，那我就抓不到更多新品种吃了。我会生锈、发霉，最后死去。我不想那么做，亲爱的。我有自己的命运，虽然我不知道那是什么。”

“嗯，”汤姆心想，“这不关我的事。”这确实和他无关，他只是一个水孩子。

所以，巨人就这样追着那些人跑啊跑，那些人也追着巨人跑啊跑。也许直到今天，他们还在追着对方。要到他或他们都变成小孩子，这种情形才会结束，就像莎士比亚说过：

> 少年将和少女在一起，
> 那不会出现什么问题，
> 公的都会和母的在一起，一切都会皆大欢喜。①

然后，汤姆来到了一个十分著名的岛上。在伟大的旅行家格列弗船长的时代，那个岛叫“拉普他岛”②。但是，惩恶仙女给它取

---

① 引自莎士比亚喜剧《仲夏夜之梦》，这是莎士比亚青春时代最为成熟的作品，也是他最著名的喜剧之一。

② 拉普他岛：英国作家 J. 斯威夫特所著《格列弗游记》中的飞岛，岛上的居民好空想，不务实际。

名为“头无托底子岛”，意思是只有脑袋，没有身子的岛。

汤姆走近一些时，听到了一阵呜呜呜、咕咕咕、轰轰轰、吼吼吼的声音。汤姆还以为是人们在给小猪们穿鼻孔，或者是在修剪小狗的耳朵，再不然就是浸小猫的声音。但是当他再走近一些，他隐约听见喧闹声中的说话声。那是他们每天早晚都会唱的“头无托底子之歌”，他们整夜唱个不停，那是唱给伟大的考试之神听的：

我学不会我的功课，考官要来啦！

这是他们会唱的唯一一首歌。

接着，汤姆来到了海岸边，他看见的第一样东西就是一根大柱子。柱子的一侧刻着：“此地禁止携带玩具。”看到这些字的时候，汤姆一惊，但他不想停下步子看看另一侧写了什么。

然后，他环顾四周，看看岛上有没有其他人。可是，没有男人，没有女人，没有孩子，他只发现了一些大萝卜、小萝卜和甜菜根，这些菜上面一片叶子都找不着。他们中的大多数都开裂、腐烂了，还从里面长出了霉草。

他们说话全都口齿不清：“我功课学不会啊，快来帮帮我！”还有一个叫道：“你能教教我怎么开这个平方根吗？”

另一个问道：“你能告诉我天琴座α星和鹿豹座β星之间的距离吗？”

又一个叫道：“美国俄勒冈州诺曼县斯诺克斯威尔镇的经纬度是多少？”

还有的大喊：“墨西攸思·斯卡渥拉[①]的第十三个表弟的祖母的女仆的猫叫什么名字？”

---

① 墨西攸思·斯卡渥拉：古罗马神话中公元前16世纪的英雄。

还有一个问:“在一个没有被发现的国家里,有没有一个地方是人们没有听说过的,那里什么事也没有发生过,你能告诉我这个地方的名字吗?”

等等,等等,等等。这样的问题太多了。

“如果我告诉了你们,这对你们到底有什么好处?”汤姆说。

嗯,他们也不知道。他们只知道考官要来了。

接着,汤姆在一片种着瑞典庄稼的田地里,撞见了一根大萝卜。你从没见过那么大、那么柔软的萝卜,他填满了整整一个洞。

他向汤姆哭诉着:“你能教我一些东西吗,任何你喜欢的东西?”

“关于什么的?”汤姆问。

“任何你喜欢的东西都行,我学得快,忘得也快。所以,我妈妈说我不适合学科学理论,只能将就着学一些常识。”

“将军和上士[①]?”汤姆告诉他,自己不认识什么将军和上士,一个军官都不认识,只有一个朋友在军队里做鼓手。不过,他来这里的路上遇到了许多奇奇怪怪的事情,倒是可以说给他听。

所以,汤姆告诉他自己所有的经历,那可怜的胡萝卜听得认真极了。他边听边忘,忘得越多,身子里流出来的水就越多。

汤姆以为他在哭泣,其实,那只是因为他可怜的脑袋不停地运转,太辛苦了。汤姆说着说着,那不幸的胡萝卜就不停往外流汁水。最后,他裂开,萎缩,除了一层皮和一摊水,什么也没有了。

汤姆看到这情形,害怕地撒腿就跑,因为他担心别人认为他是弄死大萝卜的罪魁祸首。但是,事情却相反,那只大萝卜的父母开心极了。他们把自己的孩子看成是殉难的圣人,在他的墓碑上刻上了一大段碑文,夸他的才智与成熟,说他是一个无与伦比的

① 汤姆听错了他说的话,把“将就”听成“将军”,“常识”听成“上士”。

神童。

这对夫妻难道不愚蠢吗？但是，他们身边还有更愚蠢的夫妻。他们正在打一个可怜的小萝卜，他还没有拇指大。他们责怪他情绪消沉、固执己见、任性愚蠢，却从来不去想想他为什么学不进去，甚至连话都不说。因为他身子里有一条虫，把他的脑袋都吃空了。

看到这一切，汤姆觉得又困惑又害怕。他很想问问这到底是怎么回事。最后，他遇上了一个模样庄严的老手杖，他的身子有一半都插在地里。那是一个十分粗壮，又值得尊敬的手杖，因为他的主人曾是英国的学者罗杰·阿斯卡姆①，他的头上刻了一幅画，画的是手拿圣经的爱德华六世。

“你看，”手杖说，“他们曾经都是一些要多可爱就有多可爱的孩子。要是让他们像正常人一样长大，然后交给我的话，那他们现在也是可爱的孩子。要不是他们愚蠢的父母，他们也能像其他孩子那样，采采花儿啊，做做泥饼啊，掏掏鸟窝啊，在醋栗丛中跳跳舞啊什么的。

“可是，他们只会让孩子一直学习，学习，学习，上学的时候做功课，周末的时候还做功课。每周六有周考，每个月有月考，每年又有年考。每门功课至少要考七遍，好像考一遍不够，不够他们享受似的。最后，他们的脑袋变得越来越大，身子变得越来越小。他们都变成了胡萝卜，身子里面什么也没有，只有一泡水。

“他们愚蠢的父母为了让他们快速生长，还把他们身上的叶子扯掉了，生怕他们身上有一点绿色的东西。”

“啊！”汤姆叫道，“如果亲爱的福善仙女知道了，一定会给他们带来许多陀螺、皮球、弹珠、九柱戏这样的玩具，让他们和其他孩子

---

① 罗杰·阿斯卡姆：文艺复兴时期的欧洲作家。他著有《教师手册》《箭术爱好》等经典著作。

一样开心地玩耍。”

“没有用的，”手杖说，“他们就算可以，也没法玩了。你没看见他们的腿已经变成树根、长进地里面去了吗？他们动也动不了，只能待在原地用功读书、闷闷不乐。哎呀，大考官来了，你最好离开这里，我提醒你，否则他会顺便考你和你的狗，然后会考所有其他的狗和水孩子。没有谁逃得出他的手心，因为他的鼻子有九千英里长。他能下烟囱，穿钥匙孔，在夫人的卧房里爬上爬下，去考所有的孩子，还有孩子们的家庭教师。但是，惩恶仙女答应过我，总有一天他会挨棍子的，到时候就由我来执行。要是我不能狠狠地打他一顿，那才可惜呢。”

汤姆憋着一肚子气离开了，走得很慢。因为他还是想看一看这位大考官。瞧！那个不就是大考官嘛，他正昂首阔步地走在可怜的萝卜们中间。

但当他走近一些的时候，汤姆才发现他块头又大又结实，一副傲慢无礼的样子。他对着汤姆大叫，让他过去考试。汤姆和他的小狗吓得赶紧逃命。

汤姆跑得也真是及时。就在这时，那些可怜的萝卜们吓得胆战心惊、慌慌张张地往自己身子里塞东西，用来应付考试。结果，他们成打成打地在汤姆周围砰砰砰砰地爆炸了。一时间，汤姆还以为自己和小狗也要被炸上了天。

之后，汤姆来到了一个叫“无稽之谈国度”的地方。那里的人都是野蛮人，他们崇敬嚎叫的猿猴。在那里，汤姆看见了一个小男孩坐在路中间，哭得很伤心。

“你哭什么呢？”汤姆问。

“因为我没有像他们希望的那么害怕。”

“不够害怕？你还真是个奇怪的小家伙。如果你想害怕，那就来吧，砰——！”

“啊，”小男孩说，“你真是个好人，但是我觉得那没有什么可怕的。”

汤姆试图把他掀翻，戳他、踩他、用砖头砸他的脑袋，能试的都试过了，只要能让他稍微舒服一些就好。但是，他只是很有礼貌地谢了谢汤姆。他用的都是很长的字眼，都是从别人那儿听来的。所以，他觉得自己也应该这么说才合适。

可他还是哭个不停，直到他爸妈过来了，于是马上叫人去请巫师来。他的爸妈都是很有教养的人，和汤姆愉快地聊着路上的见闻。终于，巫师请来了，他的胳膊下夹着一个雷箱。

汤姆起初有点害怕，还以为他是格林姆斯。但他很快就发现自己搞错了，因为格林姆斯看人总是看着人家的脸，而那个人却从不正眼看人。

那人说话时，嘴里跑出了烟和火；那人打喷嚏时，喷出来的都是烟花爆竹；当那人大叫的时候，沸腾的沥青就喷了出来，有些还真黏人。

“我们又见面了！”他叫着，活像哑剧里的小丑，“所以你无法感到害怕是吗，我的小可爱？让我来帮你吧。我会让你害怕起来的！呀！砰！呜啦啦！呼啦吧啦！”

他又是摇，又是拍打，又是大吼大叫，挥舞着他的雷箱。然后，他碰到了雷箱里的弹簧，里面立刻弹出了鬼萝卜、魔法灯笼、纸糊的妖怪、脚后跟装有弹簧的玩具杰克和各种鬼怪。一时间，叮叮咚咚、哗哗啦啦、唧唧当当、吱吱嘎嘎的可怕声音响了起来。那个小男孩两眼翻白，立马就晕了过去。

啊！你难道不希望有人去感化那些可怜的野蛮人，让他们不要吓唬自己的孩子，弄得他们昏厥晕倒？

“那么，现在，”巫师对汤姆说，“你难道不想试一试吗，我的小宝贝？因为我发现你是个十分邪恶、顽皮、无礼又傲慢的小家伙。”

“你才是呢。”汤姆才不买他的账。

当那个巫师朝汤姆跑去，叫道：“砰！”

汤姆就迎了上去，对着他的脸，也叫着：“砰！”他还叫小狗冲上去咬他的腿。

你知道吗，这样一来，那个巫师夹着他的雷箱和其他东西落荒而逃，“呜！”地叫了一声，像一头老母猪一样，拼了命地逃跑。他一边跑还一边叫：“救命啊！抓贼啊！杀人啦！放火啦！他要杀我！我要完蛋啦！他想谋杀我，他要打破、烧掉、毁掉我那价值连城的雷箱啊，那样的话，你们的大地上就再也没有雷阵雨啦。救命！救命！救命！”

听到呼喊声，那个孩子的爸爸妈妈，还有这个国度里的所有人都向汤姆跑去，叫道：“啊，你这个邪恶、鲁莽、无情、粗野的孩子！打他、踢他、射他、淹死他、绞死他、烧死他！”可幸运的是，他们伤害不到汤姆，因为仙女们在不久前，刚把所有的武器都藏了起来。所以，他们没法用石头攻击他，有一些石头直接从他的身子里穿过去了。即使这样，汤姆也毫发无损，石头穿过身体的部分立刻又愈合了，因为他可是水孩子啊。

无论如何，当汤姆安全地离开那个地方后，心里真是说不出的开心，因为那儿的噪音快把他的耳朵给震聋了。

他经历了无数次冒险，而且一次比一次奇妙。最后，他看见前方出现了一个大房子。汤姆朝这个大房子走去，心中满是疑惑，他有一个奇怪的念头：自己可能会在这里见到格林姆斯先生。

这时，有三四个人朝他跑去，叫道：“站住！”走近一些的时候，汤姆才发现他们只是几根警棍，没腿没胳膊地朝他跑去。

汤姆并不惊讶，他早就过了吃惊的时候了。他也不害怕，因为自己没做什么坏事。

于是，他停住了。跑在最前头的警棍问他来干什么的，他向他们出示了嘉莉妈妈的通行证。

那警棍接过来看了看，那样子奇怪极了，因为他只有一只眼睛，长在他上端的中央。这样一来，因为身子直直的，无论看什么都只好倾斜着，向前伸着脑袋。奇怪的是，他这样竟然不会栽跟头。只是，出于公平公正的精神（这是所有警察应该具备的，他们的警棍也不例外），不管他怎样站着，都一直处于稳定平衡的状态。

“好了，进去吧。”警棍最后说。他还补充道：“我最好和你一块儿进去吧，年轻人。”汤姆没有反对，因为这样的伴儿既让人尊敬，又让人有安全感。刚才奔跑的时候，那警棍的皮带松了。所以，他把皮带在握柄上绕整齐，以免把自己绊倒。汤姆在他旁边跟着进去了。

“为什么没有警察拿着你们？”过了一会儿，汤姆问道。

“因为我们和陆地世界上的那些警棍不一样。他们没有人拿着就不能走，我们却能自己行动，还能做得很好。好吧，我不该自夸的。”

“那为什么你的握柄处有一条皮带？”汤姆问。

“好把我们挂起来，当然，是在下班的时候。”

汤姆明白了，就没再问什么。最后，他们来到了一个监狱的大铁门跟前。警棍用自己的脑袋在门上敲了两下。

大门上的一个小窗子打开了，一个巨大的铜质老式大口径短枪伸出头来张望着，他就是守门人。汤姆一看到他，吓得往后一闪。

“犯的什么罪？”他问，从他那大钟一样的嗓门里发出来的声音十分低沉。

“对不起，先生，不是罪犯。是从老夫人那儿过来的年轻人，他想见一见格林姆斯，那个扫烟囱的师傅。”

“格林姆斯？”老式大口径短枪说。他把枪口缩了回去，也许是去查找罪犯名单。

“格林姆斯在第345号烟囱上，”他在里面说道，“所以，这个年轻人最好到屋顶去。”

汤姆抬头看了看那面巨大的墙，它看上去至少有九十英里高。他心想，这可怎么上去呢？当他向警棍暗示了这个难题后，警棍立刻就把问题解决了。

他飞快地画了个圆圈，在汤姆身后猛推了一把，不知怎的，他和胳膊下夹的小狗一下子就上去了。

然后，他一路沿着铅皮屋顶往前走，最后他看见了另一个警棍，告诉了他自己的使命。

“好的，”警棍说，“跟我来，不过他是我见过的最不知悔改、最铁石心肠、最肮脏粗俗的犯人。他什么也不想，只知道啤酒和烟斗。当然，那些东西在这里都是不允许的。”

他们在铅皮屋顶上朝前走，那儿落满了烟灰。汤姆心想，这里的烟囱一定很久没有清扫过了。但是，他很惊讶地发现煤灰不会粘着他的脚，一点也没有弄脏它们。而且，烧红的煤灰到处都是，但也没有烫伤他的脚。因为他是一个水孩子呀。

终于，他们来到了第345号烟囱前。他看见可怜的格林姆斯先生插在烟囱顶上，只有头和肩膀露了出来。他满脸的煤灰，样子丑极了，汤姆都不忍心看下去。

他的嘴里还叼着一个烟斗，它并没有点上火，但他还是使劲地吸着。

“注意了，格林姆斯，”警棍说，“这里有位绅士要见你。”

格林姆斯只是说着脏话，不停地抱怨着：“我的烟斗点不着，我的烟斗点不着。”

“嘴里放干净一些，规矩点！”警棍说完，就像小丑一样纵身一跳，啪的一下，用自己的身子在格林姆斯的脑袋上敲了一下。格林姆斯想把手抬起来，揉一揉敲疼的地方。但是，他做不到，因为他的身子被紧紧地卡在烟囱里。现在，他只好放规矩一些了。

“嘿！”他说道，“看看，这不是汤姆嘛！我想，你是过来嘲笑我的吧，你这个怀恨在心的小矮子？”

汤姆向他保证，自己不是来嘲笑他，而是过来帮助他的。

“我除了啤酒什么都不要，可是我得不到。还有这个烦人的烟斗，没有火来点它，我没办法啊。”

“我来给你点火。”汤姆说着拿起一块烧红的煤灰，凑到格林姆斯的烟斗上，但它很快就熄灭了。

“没用的。”警棍说，他斜靠在烟囱上，看着他们。“我告诉你，那是没用的。他的心太凉了，靠近他的东西都会结冰。你马上就会知道这一点，再清楚不过了。”

“啊，当然，那是我的过错，什么都是我的错。”格林姆斯说。

这时，警棍站直了，一副很凶的样子。

格林姆斯见状连忙说：“不要再打我了，你知道的，如果我的手脚自由，你是不敢碰我的。”警棍重新靠回烟囱上，对自己所受的侮辱一点也不计较，真像一个训练有素的警察。

“但是，我就不能在其他方面帮助你吗？我就不能帮助你离开这个烟囱吗？”汤姆问。

“不，”警棍打断说，“他已经到了只有自己能救自己的地步。我希望，他在对付我之前，能够明白这一点。”

“啊，是的，”格林姆斯说，“当然是我的错。是我自己要求进监狱的吗？是我自己要求来打扫你们的臭烟囱的吗？是我自己要求你们在下面点燃稻草，把我送上来的吗？是我自己要求被直挺挺地卡在这第一个烟囱里的吗，这个丢人的堵满了煤灰的烟囱？是我自己要求留在这里的吗？我不知道待了多久，我相信，也许有一百年了吧。烟斗都点不着，啤酒也喝不到，这种日子畜生都受不了，更何况人呢？”

“没错，”一个庄严的声音在后面响起，“汤姆也受不了，可当初你就是用同样的方式对待汤姆的。”

那是惩恶仙女在后面。当警棍看见她时，他立马站得笔直：“立正！”并且深深地鞠了一躬，要不是他充满了公平正义，早就一头栽倒在地上，弄伤独眼了。汤姆也行了个鞠躬礼。

“啊，夫人，”汤姆说，“别考虑我了，不管是好日子还是坏时光，它们都统统过去了。我就不能帮一帮可怜的格林姆斯吗？我能不能试着把一些砖头拿掉，好让他动一动胳膊？”

“当然，你可以试试。”她回答。

于是，汤姆对那些砖头又拽又拉，但是它们纹丝不动。接着，他想把格林姆斯脸上的煤灰擦掉，可是那些煤灰怎么也弄不掉。

“啊，天哪！”他说，“我一路上遭遇了那么多可怕的事情，到这里来帮助你，却一点儿用都没有。”

“你最好别管我了，”格林姆斯说，“你是一个好心肠、宽容的小家伙，说真的，但是你最好还是离开吧。冰雹快要来了，那会把你的眼珠从小脑袋里砸出来的。”

“什么是冰雹？”

“唉，这里每天晚上都会落冰雹，它下来的时候是暖和的雨，可是落到我头上的时候就变成了冰雹。打在身上的时候，就像小炮弹一样。”

“不会再有冰雹了，”夫人说，“我以前告诉过你那是什么。那是你母亲的眼泪，那是她在你床边为你祈祷时流下的眼泪。但是，你冰冷的心把它们都变成了冰雹。她现在去天堂了，不会再为他粗鲁的儿子而哭泣。”

格林姆斯沉默了片刻，然后他看上去很悲伤。

“所以，我的老母亲走了，我一句话也没和她说上呀！啊！她是一个好女人。要不是因为我，要不是因为我做了这些坏事，她在文代尔的小学里，本应该是很快乐的。”

“文代尔的学校是她的吗?”汤姆问道。接着，汤姆把所有的故事都告诉了格林姆斯：他如何去了她家，她看到扫烟囱的人是多么受不了，后来她又是怎么悉心照顾他，他是怎么样变成水孩子的。

“啊!”格林姆斯说，“她讨厌见到扫烟囱的人，这是完全有理由的。我当初离家出走，和扫烟囱的混在了一起，我从没告诉她我在那里，也没给她寄过一分钱。现在，一切都太晚了，太晚了!”

他开始大哭起来，又哭又闹，像个大孩子似的。最后，烟斗从他的嘴里掉下来，摔成了碎片。

“啊，天哪，我要是能重新变成一个小伙子，回到文代尔，再看看那清澈的溪水，看看苹果园，看看紫杉树树篱，那我会走一条十分不同的路了!

“但是一切都太晚了。所以你还是回去吧，你这个善良的小家伙，别站在那里看一个大男人哭泣，依年龄我足够做你的父亲。我现在垮了，那是罪有应得。我自己做的苦床，我自己来睡。

“我自己要肮脏，我就会肮脏，正如那个爱尔兰女子曾经对我说的那样。可我当时压根就没在意。这些都是我的过错，但是一切都太晚了。”他难过地哭着，汤姆也哭了起来。

“从来都不会太晚。”仙女说，她的声音变得异常温柔。汤姆抬头望着她，此时此刻她是如此美丽，汤姆差一点还以为那是她妹妹。

确实不是太晚。当格林姆斯抽搐哭泣的时候，他的眼泪冲洗掉了他脸上和衣服上的煤灰，还冲掉了砖头缝隙里的泥灰。只有他自己留下的眼泪才能做到，他母亲的不能，汤姆的不能，世界上其他任何人的都不能。最后，烟囱破裂了，格林姆斯从里面脱身了。

警棍跳了起来，想要狠狠地给他当头一棒，就像把软木塞敲进瓶口里那样，把他赶回烟囱里去。但是，夫人叫警棍一边待着。

“如果我给你一次机会，你愿意听我的话吗？”

“听您的话，夫人。您比我更强大，这一点我很清楚。您还比我聪明，我也知道。从前我做师傅的时候，做了许多坏事，现在吃的苦头已经够多了。所以，夫人您尽管吩咐我好了，我已经垮了，这是实话。”

“那好，你可以出来了。但是记住，如果再不听我的话，就会让你去一个更糟糕的地方。”

“请原谅，夫人，据我所知，我以前没有违抗过您。在来到这个受罪的地方前，我不曾有幸见过您。”

“从没见过我？是谁告诉你‘那些想肮脏的人会肮脏的’？”

格林姆斯抬起头，汤姆也抬起头。因为，刚才说话的声音，正是和他们一起去哈索沃的路上遇到的爱尔兰女子的声音。

“那时我警告过你，但是你前前后后有一千次不把这话放在心上。你说的每一句脏话，你干的每一件坏事，你每一次喝醉酒，你每天所做的肮脏事，这都是在忤逆我，不管你知不知道。”

“我要是知道，夫人……”

“你很清楚自己在逆天行事，只是不知道那是在违抗我而已。出来吧，好好珍惜这个机会。这是你最后一次机会了。”

接着，格林姆斯从烟囱里走了出来，要不是脸上的伤疤，他看上去还算干净体面，有扫烟囱的师傅的模样。

“把他带走，”夫人对警棍说，“给他一张释放证。”

“让他去干什么呢，夫人？”

“让他去清扫埃特纳[①]火山口。他会在那里找到一些踏实干活

① 埃特纳：位于意大利西西里岛东北部，为欧洲最高的活火山。

的人们，他们会教他如何干活。但是记住，一旦火山口再被堵上，那就会引发一次地震。到时候，就把他们全带来我这，我会很严厉地调查此事。”

格林姆斯被警棍带走了，他看上去温顺得像一条被淹死的虫子。

或许，说不定直到今天，他还在打扫埃特纳火山口呢。

“好了，现在，”仙女对汤姆说，“你在这里的任务已经完成了，你也可以回去了。”

“我当然很开心能够回去，”汤姆说，“但是，那个洞现在已经不喷蒸汽了，我怎么才能上去呢？”

“我会带你从后梯上去，但是你要先把自己的眼睛蒙上，因为，我从没让别人看过我的后梯。”

“我保证不会告诉别人的，夫人，如果你不愿意别人知道。”

“啊哈！你是这样想的，我的小伙子。但是当你回到陆地世界时，你很快就会忘记自己的承诺。因为，一旦人们知道你上过我的后梯，所有的漂亮女人就会跪倒在你面前，富人就会在你面前把钱袋里的钱全倒出来，政治家会给你地位和权力。不论老少贫富，他们都向你乞求：‘只要你告诉我那个伟大后梯的秘密，我们就愿意做你的奴隶。我们让你做贵族、国王、皇帝、主教、教皇，你想做什么就做什么，只要告诉我们后梯的秘密就行。让我们随心所欲，而不用付出代价。让我们逃出那残酷仙女的魔爪吧！’如果他们这么乞求你，你是不是会有些动摇，然后告诉他们你所知道的呢，小伙子？”

当然，汤姆并没有否认，“但是，为什么这些人渴望知道后梯的事呢？”他问道。

刚才仙女说的那些话让汤姆有些害怕，他也没听明白。其实，他并不打算泄露秘密，换作是你，你也一样。

“我不会告诉你这些的。我从不往小家伙的脑袋里灌东西，除非他们自己快要明白了。所以，我现在要蒙上你的眼睛了。”她用一只手给汤姆蒙着眼睛，另一只手把它解开。

“现在，”她说，“你安全上来了。”汤姆使劲睁开眼睛，嘴也张得大大的。因为他觉得自己没挪一个步子就到了。但是，当他环顾四周的时候，他确信自己已经安全地从后梯上来了。后梯到底是什么，没有谁会告诉你。原因很简单，因为没有人知道。

上来后，汤姆第一眼看见的就是黑乎乎的香柏，它们在玫瑰色的晨曦中，身影高大而清晰。宁静宽广的银色海水中，倒映的是圣布伦丹岛的倩影。风儿在香柏的枝桠间温柔地歌唱，海水也在洞穴中间歌唱。海鸟一边飞向海洋，一边哼着小曲儿。陆地上的鸟儿一边在树枝间筑巢，一边唱着美妙的歌曲。空气中充满了歌声，就连在树荫下沉睡的圣布伦丹和他的隐士们都被惊醒了。他们开始在梦中张开善良而古老的嘴唇，唱着他们的晨之赞歌。

但是，有一支歌透过所有的歌声，从大海上飘了过来。那是一支最甜美、最清脆的歌，因为那是一个年轻女子的歌声。

她唱的是什么歌呢？啊，我的小家伙，我太老了，唱这首歌不合适。而你又太小了，听不懂它。但是，耐心一些吧，让你的目光单纯一些，让你的双手保持干净。总有一天，不需要别人来教你，你就能自己学会唱的。

汤姆靠近小岛的时候，看见了岩石上坐着一位女子，他从没见过这么优雅、这么漂亮的姑娘。她垂着眼睛，一只手支着下巴，两只脚踢着水花。当他们靠近她的时候，她抬起头，瞧！原来那是埃莉！

“啊，埃莉小姐，”汤姆说，“你长得这么高啦！”

“啊，汤姆，”她说，“你也长得这么高啦！”

毫无疑问，他们都长大了。他变成了一个高大的男子汉，她则长成一位美丽的女子。

“也许我已经长大了，”她说，“日子过了好久好久，我坐在这里已经等了你好几百年，还以为你永远不回来了。”

“好几百年了？”汤姆有点惊讶，但是他在旅途中长了那么多见识，很快就不去想这些了。

其实，他顾不上想其他的，脑袋里装的全是埃莉。他就那样站着，看着埃莉，埃莉也望着他。他们觉得那样太美妙了，就那样站着，看着对方，就那样七年多过去了，他们一句话也没说，一动也不动。

最后，他们听见仙女说：“听着，孩子们，你们不想再看看我吗？”

“我们一直在看你呀。”他们说，他们一直以为自己看的是仙女呢。

“那就再看我一次。”她说。

他们看着她，不约而同地大叫：“啊，你究竟是谁？”

“你是我们亲爱的福善仙女。”

“不，你是善良的惩恶仙女才对。但是你现在变得好美丽！”

“在你们看来是这样，”仙女说，“但是再看看。”

“你是嘉莉妈妈，”汤姆小声地说，声音非常严肃。他悟出了什么东西，这让他觉得很幸福，同时又比以往任何时候都更加害怕了。

“但是你变得年轻了许多。”他说。

“在你看来是这样，”仙女说，“再好好看看。”

“你是我那天去哈索沃的路上遇见的爱尔兰女子！”

他们看着她，觉得她一会儿跟谁都像，一会儿又谁都不像。

“我的名字就写在眼睛里，如果你们能看见的话。”

他们望向她那双大大的、深邃的、温柔的眼睛，它们像有着钻石的光芒，时不时地变幻着各种色彩。

“现在，来读我的名字吧。”她最后说。

刹那间，她的眼睛里发出了两道清澈、耀眼的白光，孩子们觉得炫目，都用手遮住了眼睛，还是没有办法读出她的名字。

“还不是时候，年轻人，还不是时候。”她笑着说。接着她转向埃莉说：

“你现在每个星期天可以带他回家了，埃莉。他打了一场胜仗，赢得了奖品，成为了一个男子汉，他可以和你一起回去了。因为他做了自己不想做的事。”

于是，汤姆每周天都和埃莉一起回家，有时候不是星期天也去。他现在变成了一位伟大的科学家，他会设计铁路、蒸汽机、电报、来复枪等等，他无所不知，只有两三件小事他不明白，比如说，母鸡的蛋为什么孵不出鳄鱼之类的。这些本领都是他在大海中做水孩子的时候学到的。

“那么汤姆和埃莉一定结婚了吧？”

我亲爱的孩子，这个想法真傻！你不知道在童话故事里，王子和公主以下的人是从来不结婚的吗？

“那汤姆的小狗呢？”

哦，在七月里任何一个晴朗的夜晚，你都可以在天上看见他。在过去的三个月里，旧的天狼星被炎热的天气烧坏了，所以人们不得不把他摘下来，让汤姆的小狗取代他的位置。新官上任三把火，今年，我们可以指望有个温暖的气候了。

我的故事到这里就全部讲完了。

寓　意

那么，我亲爱的小伙子，从这个寓言故事里，我们应该学到什么呢？

我们可以学上三十七或三十九件事情，到底有多少，我也不能确定。但至少有一件事我们要学会，那就是：

当我们在池塘里看见水蜥的时候，决不要向他们扔石子，或是用钩针捉他们，也不要把他们和棘鱼一起关在动物园里。因为，棘鱼会扎穿他们可怜的小肚皮，弄得他们从玻璃缸里蹦出来，跳进别人的工具箱里，结局可想而知。

那些水蜥不是别的，而是水孩子啊。只不过，他们很笨很脏，不愿意学功课，又不肯保持干净。因此，他们的头骨变平了，嘴巴向外突了出来，脑子变得越来越小，尾巴长得越来越长，肋骨全都消失了。我确信，你肯定不想看见自己的肋骨消失。

他们的皮肤变得脏兮兮，长满了斑点。他们从不去清澈的河里，更不用说浩瀚宽广的大海了。他们只待在臭池塘里闲荡，在烂泥中生活、吃虫子，他们只配这么做。

但是，这些都不是你虐待他们的理由：相反，你应该要同情他们，善待他们，希望他们终有一天会醒悟，让他们为自己肮脏、懒惰、愚蠢的生活感到羞愧，而让自己变得更好。

假如，他们能一直努力去改变，努力把自己洗干净，他们的脑子会长大一些，嘴巴会变小一些，肋骨会重新长出来，尾巴也会萎缩掉。他们会重新变成水孩子，也许，还会变成陆地上的孩子，最后长大成人。

你知道他们不会吗？很好，你一定懂很多。但是你要知道，有些人很喜欢这些可怜的小水蜥。这些水蜥从来不伤害别人，或许，就算他们想伤害谁，也没有那能力。

和许多比他们高级的动物一样，他们唯一的缺点就是毫无用处。但是，那些鸭子、狗鱼、棘鱼、水甲虫和淘气的小男孩呢？他们就像苏格兰人所说的那样："被别人整得很惨。"

有些人会忍不住向善良的巴特勒主教①提出，希望再给他们一次机会，在某个地方、某个时间，以某种方式，让事情变得公平一些。

另外，你还要好好学习功课，要感激上帝赐予你这么多凉水洗东西、洗澡，让你像一位真正的英国绅士。

如果那样的话，即使我的故事不是真的，也有一些更好的东西是真的。如果我说的不全对，只要你坚持努力工作，坚持用凉水，那你依然是正确的。

但是要牢记，正如我起初告诉你的那样，这完全是一个童话故事，只是讲着玩玩的。所以，就算这是一个真实的故事，你也不必相信其中的一个字。

① 约瑟夫·巴特勒(1692—1752)：一位英国主教、神学家和哲学家。